只能陪你走一程

I will be here with you

蕊希 著

suncolor
三采文化

自序

願我能陪你走上一程

如果可以時光倒流，你最想回到人生的哪個時刻？
我是一個擁有很多東西的人，但我擁有的最珍貴的，是你。

第三本書了，開頭開了半年，遲遲沒有落筆，不知道該從哪兒寫起。自問，上一本書我覺得自己寫得不夠好。
當我決定要連續在第三年寫當下你們看到的這一本，
我就無比認真地在心裡告訴自己，請你務必竭盡全力。

如果你看過我前兩本書中的任何一本，並願意在讀過我單薄孱弱的文字後，依然選擇翻開這一本，那請你接受我千萬分的感激。

謝謝你，謝謝你的厚愛和你對我筆下人物的長情。

之前看到過一句話：一句完整的「謝謝！」最好包含目光的接觸。

請原諒我無法當面向你道聲感謝，但，見字如面。謝謝你。

前兩本書《願你迷路到我身旁》和《所有煎熬和孤獨，都成了我走向你的路》，

我在那些故事裡記錄二十五歲之前的自己。

這一本，是時候，寫寫別人了。

但其實，我寫的哪裡是「別人」，

我寫的，分明是「我們」。

我讀過一些小說，但我不會寫。

我想坦白地告訴你，我不是一個多麼優秀的作家，

我只是一個努力在筆墨間尋求靈魂救贖的普通人。

我不知道我在這本書裡寫下的文字，在專業術語裡應該被稱為什麼。

我唯一期盼的，是你能在字裡行間找到些你試圖探求的答案。

願它能解你些許迷思，願它能陪你走上一程。

這本書，沒有主人公，沒有主題，沒有縝密的邏輯，沒有清晰的線索架構，也許它也沒有昇華，沒有結局。但，它有很多表達。至於我究竟要表達些什麼，誰知道呢，你感受到那是什麼，那就是什麼。

如果你覺得這本書裡的故事老套，那你的感覺沒錯。
我寫的就是你我老套的人生。
我不會編故事，我沒有創意甚至沒有靈感，
我只是芸芸眾生裡一個平凡的記錄者。
而我很幸運，我的記錄，有你願意來讀。

我們的生命哪，沒有那麼多的波瀾壯闊，
也沒有那麼多的欣喜相逢，
多的是，久別不會重逢，再見不會再見，
多的是，渺小羸弱，多的是，達觀和懂得。

你正拿著的這本書裡，沒有新世界。
你走進的，也不是我的世界。
它要給你的，是你的世界。

這本書有一個遊戲規則：
你不能從這裡帶走任何東西，
但你可以，放下很多。

我是蕊希。
遊戲開始，歡迎你來。

目錄

目錄

Part 2 EPISODES 願你的美好，有出口也有歸處

Part 3

NOTES 愛的片語

RADIO 蕊希解憂室

在我目之所及的世界裡，
生活是無數個微小美好的疊加。
而我，願盡我所能地感受它們。

我們的生命哪，
沒有那麼多的波瀾壯闊，
也沒有那麼多的欣喜相逢，
多的是，久別不會重逢，
再見不會再見，
多的是，渺小羸弱，
多的是，達觀和懂得。

Part 1

STORIES

我們愛過就好

永遠為自己和值得的人而活

1

成長是在無數個接近絕望的感受中發生的。
成長是有一天你不再在應該絕望的時候感到絕望了。
成長是你終於能在眼前的絕望裡，看到希望。

我喜歡看每天上班下班路上的行人，尤其喜歡天濛濛亮時地鐵出站口的成群結隊和深夜路燈下的孤身一人，那是我能看到的最真實也最了不起的人生。

我喜歡看人們把早餐攤冒著熱氣的煎餅送到嘴裡的樣子，我喜歡看外賣師傅擠在辦公大樓中午的電梯裡禮貌地說「幫我按下八樓」的樣子，我喜歡看零下十攝氏度的北京城早起的學生捏緊袖管和領口的樣子，我喜歡夜裡十一點半我疲憊地走出公司大樓看見的依舊有許多盞燈亮著的樣子。

我喜歡失戀過後的重整旗鼓，喜歡生活重壓後的從頭來過。

我喜歡浴火重生，喜歡歷經艱難。

我喜歡腳下炙熱、天空湛藍、內心純良、不負朝陽與月光。

我喜歡面對人性的脆弱，也喜歡戰勝軀殼裡的無能。

我喜歡我身處的這個世界，儘管我只能感受它萬千種模樣中的一種。我喜歡我腳踏的這片土地，儘管它曾無數次地將我鎖住、禁錮。

我喜歡我生命裡的每一位戀人和夥伴，儘管他們當中的一些讓我在某段時期失去了色彩和光芒。

我喜歡我命數中的每一段際遇和每一種情緒。

正是它們，構成了我人生的總和。

在我目之所及的世界裡，生活是無數個微小美好的疊加。

而我，願盡我所能地感受它們。

2

我是一個你不認識的人，我要講一個由很多個你不認識的人組成的故事。

我叫倪安好，一九九三年出生在北方的一個有海的城市。
獨生女，媽媽是教師，爸爸做生意。
十八歲那年考入了廣州的一所重點大學，二十二歲本科畢業，準備搬離住了四年的六人宿舍，去北京。

我拔過八顆牙，額頭上有一道五歲時從樓梯滾落摔傷留下的疤。
我害怕一切昆蟲，包括蒼蠅、螞蟻這種。
我曾經半個月沒跟任何人說過一句話。
我想在三十五歲的時候先去南極，再去北極。
我的人生拒絕標籤。
我答應自己要永遠為自己和值得的人而活。

以前我討厭吃南瓜和番茄，現在每次逛超市我都先去找它們。
以前我喜歡小孩兒，想生一男一女，兒女雙全。
現在我想當頂客，但我爸我媽拒絕我瘋狂的想法。
我的手很好看，但沒有腳好看。
我的門牙很大，但我的牙齒很齊。
我是倪安好，安寧的安，更好的好。

3

打包好所有行李的那天，房間裡只剩下我一個人。
下了六天雨的廣州能看到陽光了，似乎是在暗示些什麼。
我終於要逃離這個我待了四年卻始終喜歡不起來的地方。
我站在門口，一直沒關門，鑰匙交回給了一樓新來的宿管阿姨，這門只要我關上，就再也打不開了，我就真的不用再回這個朝北的常年不見陽光的狹小空間了。

我即將離開這生活了四年的城市，離開曾經精心裝扮的居所，我扔掉當初買的時候覺得好看又舒適的一個個小物件，我甚至嫌棄地丟掉那段日子裡的自己。我放棄它們了，我不要它們了。我能帶走的很少，能記得的感受也寥寥無幾。

我跟自己說：「嘿，姑娘，該重新上路了。這一程，估計也不好走，但你可得挺住啊。」

我一直覺得搬家這件事，就像自殺。

每換一個地方，我就死了一次。

下次重生，能不能比這次活得更好，沒人知道。

我站在那兒，像極了二〇一一年的秋天我剛來到這裡打開門那一瞬間的樣子。六張床，上下鋪，兩兩一組，對面擺著六張桌子，把房間對折，天花板的中間各有一個風扇，再熱也只能靠它們。

這城市一點兒都不美好，氣候濕熱，蟑螂會飛，食物太甜，粵語難學。這城市，沒家人，沒愛人，甚至讓我過得沒自己。

關門，門牌上寫著已經快看不清了的「八二五」。離開了，這個讓我安放了四年歲月的地方。

四年間，我無數次地想要儘早逃離這地方，而此刻當我站在真的再也回不去的時間線，我竟也有了些想再回到舊時光裡多看幾眼的衝動。

但，這屋子的使命不就是迎來又送走一張張面孔嗎？

我不會再回來了，但我會永遠記得門鎖向右旋轉一周半就會打開，進門向左前方走五步就能換上拖鞋。

我和所有對北京有執念的年輕人一樣，莫名其妙地相信著我能在那兒找到成就和歸宿。也不知道自己哪兒來的自信，就認為自己會是能在這城市裡大有所為的人之一。儘管那時候，我並不知道自己當時以為的大有所為和後來我真正在做的事情完全不同。

我喜歡我命數中的每一段際遇和每一種情緒。

它們構成了我人生的總和。

4

顧言，是我來到北京想到的第一個人，最盼望見到的人。

也是這個陌生城市裡我最親近的人。

他是我，喜歡的人。

「喂，我週五到北京，你來南站接我吧。好激動啊，終於要去北京了，你快請我吃飯！」

「好好好，請！倪安好，你想吃啥？」

「日本料理！上次你帶我去的那家。」

「把你高鐵班次和時間發給我吧，我去接你。」

對北京的印象，僅限於我十歲那年，我爸帶我到北京參加比賽。那時候爬了長城，去了故宮，吃了烤鴨，發著高燒，拿了個青少年朗誦金獎。也就是那個獎，讓我慢慢地成了現在這個用聲音表達內心和世界的人。現在家裡的老相簿裡還有一張站在「不到長城非好漢」前拍的照片，還有小時候的倪安好拿著獎狀舉著獎盃的畫面。

倪安好啊，她是個對小時候記憶很淺的人，只有看照片或者父母說起的時候，才會零星地憶起些畫面。

當年，在那個小丫頭只有十歲的時候，她還和她的爸爸很親近，還會摟著他的肚子，還會任性地要爸爸把她扛到肩頭。現在，這個小丫頭長大了，長到自己都可以當媽媽的年紀了。她無比孝順，她會滿足爸爸各種各樣的願望，她和父母在一起的時候總是懂事又開心。

可是，她不再什麼都跟那個小老頭講。不再主動跑到那個男人的身邊拉起他的手。她記憶中上一次擁抱她的爸爸，還是在她很小的年歲。如今，她和他的交流變得少之又少。有時候也想著，跟爸爸撒個嬌，就像照片裡那樣。她嘗試過改變，可她真的再也回不去十歲那年。

希望她的小老頭別生她的氣。希望他知道如今的倪安好就像當年的小安好一樣，很愛他。儘管，長大後的她，再也沒有說過那樣的話。

倪安好，你可真討厭。

5

「你先住在這兒，這週的房費我付過了。今晚你早點兒睡，明天一起，我陪你找房子。」

顧言對我總是這麼照顧，以前每次來北京，他都會幫我找好住處，付好房錢。

有時候也會覺得他是「中央空調」那種男人，對誰都好。但，大多時候，我更願意把所有的那些都理解為，他只對我這麼好。

如果「相信他在乎我」會讓我感受到更多的快樂，那為什麼不呢。

我媽從小就教育我女孩兒要活得有尊嚴，要獨立，要懂得感恩。可能是家庭教育的影響，我至今都非常看不起花男人錢還一副沾沾自喜面孔的女人。

我從來不會理所應當地接受顧言對我的好。

他給我花過的錢，我總是想著用其他的方式回報他。

我不想讓他覺得我是在跟他客氣，但也不想虧欠他太多。

但我總想著讓我和他，彼此欠著些什麼，欠什麼都可以。

人和人之間，總要「互相虧欠」才能有更多的「再次相見」。

我不想面對最後的相見，所以我選擇，對你虧欠。

若無相欠，怎能相見。

「我天！北京的房租都這麼貴嗎，這麼舊的房子一個月四千？」

「我早都跟你說了，北京啥都貴，我以前住宿舍感受不到這麼大的生活壓力，現在畢業出來租房子才發現，看得上的住不起，住得起的看不上。」顧言的話，戳得我扎心般疼。

顧言是湖北人，一心想來北京。

四年前以高出錄取分數線五十分的成績考進了J大學。

感受了四年北京的乾燥，見識了北京吃頓飯都比老家貴一倍的物價，舒舒服服地住了四年大學宿舍，卻不知房價已經漲到了這般地步。

「不行，顧言，你知道的，我在居住環境上真的挺挑的，咱倆還是去電視臺附近找吧，找個好點兒的公寓。我自己住，害怕，不敢住老舊社區。貴點兒就貴點兒，我平時別的地方省著點兒花。

而且！我這麼年輕貌美！如花似玉！溫柔可人！萬一回家晚了，被壞蛋盯上怎麼辦？！你又不在，誰保護我?!」

「倪安好！你夠了！你這又黑又矮，哪個壞蛋有勇氣盯上你！」

（職業假笑臉）

沒錯，我倪安好，在長相這件事上最大的兩個缺點，被顧言全說中了。

官方身高在一米六二到一米六五之間徘徊，具體情況具體分析，但實際身高也就一米五九。不管什麼時候體檢，總能被護士發現我踮腳，然後硬生生地把我的頭按下去。

實際身高這件事，沒幾個人知道，顧言算一個。

不過，我基本沒有什麼事是不能告訴他的。

至於膚色，隨我媽，打出了娘胎就不是個膚白如雪的姑娘。

我倪安好人生最大的願望之一就是——變白。

然而試過的方法千千萬，皮膚的色號卻始終沒有發生積極的轉變，甚至還在不斷惡化。

我的胳膊和顧言的胳膊放在一起，他像個姑娘，我像個爺們。

「顧言，說真的，你覺得我們真能過上理想生活嗎？」

「什麼是理想生活？一日三餐？愛人和狗？落地窗和榻榻米？酪梨配蜂蜜？」

「我就希望我能有錢，有時間，有事業，有愛情，環遊世界，四海為家。」

「Excuse me（打擾一下）？你說的這些都是屁話，誰不想有這樣的人生，能實現的有幾個？」

也許就是從那個時候開始，這樣的人生就被我悄悄地塞進了心裡。我記得這番話我只在找房的那天說過一次，後來再有人問起，我都只是笑著敷衍過去。

理想這種東西，說多了就會覺得它像假的。

它應該變成一種不會被輕易提起的心事，你知道它在，你知道是什麼，並且，你永遠把它看得神聖而莊重。

理想是一種能讓你在平凡人生裡保持清醒的東西。

它讓你在困頓中不深陷，不沉淪，不害怕，不失心。

它讓你在生活的煙火氣裡仍然找得到靈魂的詩意和遠方。

理想是生命中所有不如意的總和，是你每一年生日願望的疊加，是翻滾在你身體裡最內核的暗流，是支撐你走向無數個來日的信仰。

而此刻的倪安好，走在顧言身邊的倪安好，被北京的房租當頭來了一棒，她微小，不起眼，她並不知道是怎樣的未來在等她。

但她，已經做好了面對自己人生的準備。

她無比清楚地感受到，有些力量，正在她心底裡生長。

真開心，陪她開始這一切的人，是顧言。

6

「就這兒吧，一樓就一樓，離公寓大堂近，保安就在家門口。」

三天後，我和顧言看中了Z公寓一樓的一個開間，五十平方米，簡單的傢俱。房東是個很乾淨整潔的人，家裡的東西都妥帖地放著。

「安好，你可想好了，一樓可是會有蟲子的，你到時候可別大驚小怪，看見隻螞蟻都不敢睡覺讓我來打。而且一樓會很吵，這樓裡的人到時候都得從家門口經過。」

「就這兒吧，我也不能一直住賓館。有蟲子我就給你打電話，你就趕緊奔過來！」

「切，我可不管你！」

顧言就是那種明明很在意你又裝作無所謂的樣子。

至少，我是這樣理解的。

速戰速決的性格，讓我在一週之內找到了滿意的房子。房租是工資的一半，也不知道我哪兒來這麼大的勇氣。

Z公寓距離電視臺只有兩站車程，早上提前二十分鐘出門就能保證按時打卡。對我這種怕早起的人來說，上班近，很重要。

我工作的電視臺是我畢業之後通過社會招聘進來的。實習了三個月，就做了整個頻道最重要節目的主持人。

雖然是因為原崗位的主持人要休產假，我臨時頂上去，但能接得住並通過考驗，心裡總歸是很開心的。

儘管我知道，我的差距還有很遠。

以前職場劇看多了，就以為像電視臺這麼複雜的工作環境，裡面肯定充斥著各種明爭暗鬥，像自己這種沒背景沒關係的小畢業生，估計剛開始只有受欺負的命。

但，也不知道是我太好運遇到了一群好前輩，還是現實生活真的沒有那麼多的陰險狡詐，我真的在很平和的環境中完成每一天的工作。

其實人生中的好多事情都是這樣。

你以為你聽到的看到的就是真的，可只有當你真正身處其中，你才會知道事情本來的面貌。

如果我的眼睛只能捕捉到一種情緒，
我會永遠堅定地選擇美好，而非險惡。
如果我的靈魂只能感知一種存在，
我會傾盡一生選擇善良，而非狡黠。

7

可能是我的三觀太正，我始終不能理解在戀愛中劈腿的人。見到的愛情裡的不忠越來越多，竟然會開始懷疑，是不是自己的三觀有問題。

不愛了，就坦蕩直接地說再見，不好嗎？
人心變了，就接受那種不受控的改變，別再傷害依舊愛著的那個人了，不好嗎？

愛，是一個人能對另一個人做的最大的奉獻。
那種願意為了一個人傾盡所有的奉獻，這一生都未必有幾次。

如果你剛好幸運地用掉了對方的那一次，那希望你將它視若珍寶。
希望你即使在選擇分開的那天，仍然願意向對方交付你的善意和感激。

用心愛你的人，不該被你傷害。

「安好，我前女友昨天晚上給我發微信，求我跟她復合。」
「你答應了？」
「沒，當年是她劈腿的，又不是我。」
「可你不是還喜歡她？」
「從她選擇去陪別人的那天，就不了。」
顧言說的不，不是不愛了，而是告訴自己，不值得愛了。

我不想給顧言的前任起名字。
一個不懂愛的人不配在我的故事裡擁有名字。
顧言的前任是個富家女，家裡做生意，各方面條件都很好。
我沒見過她本人，看照片，長得很漂亮，是女生都會覺得漂亮的那種，和顧言很般配。這姑娘喜歡泡吧，酒肉朋友一堆，從小在寵溺中長大，用顧言的話說，一身嬌氣的公主病。

她不太會笑，矯情多慮，擁有在萬事萬物中尋找出負能量的本領。顧言總是逗她開心，但她就是很難真正地開心。

顧言和我說過，他喜歡獨立的女人，喜歡性格開朗樂觀的女人。

顧言喜歡那樣的女人，我是這樣的女人，但顧言不喜歡我；

顧言喜歡那樣的女人，那姑娘不是那樣的女人，但顧言喜歡她。

原來，在愛情面前，獨立也會輸給嬌氣，樂觀也會敗給喪氣。

原來，不是因為你好，你就會被愛。

「你別跟她復合，她配不上你。」

說這句話的時候，天知道我的心情有多複雜。

其實這句話我沒說完，沒敢說出口的後半句是「我想和你在一起」。

「我不會的，其實我覺得挺噁心的。」顧言表情嚴肅地回答我。

成長是你終於能在眼前的絕望裡，
看到希望。

倪安好啊倪安好，你真孬。

當年他有女朋友的時候，你不能說你喜歡他。後來人家分手了，你又不敢說你喜歡他。現在前任都來找復合了，人家都拒絕了，你竟然還畏畏縮縮。

我在顧言面前就是這樣，什麼秘密都沒有。

可我卻對他藏起了我最大的秘密。

顧言又跟我提起前女友的這天，我踩了三次他的腳，不小心的。

我記得那一天，心情不好。

8

顧言的父母，對於顧言找對象這件事特別著急。

家裡早早就給他準備好了婚房，父母也都是有一定社會地位的人。父母生他生得晚，年紀不小了，想早點兒抱孫子。平時跟顧言聊天的時候，想起來就會念叨幾句，讓他對找女朋友的事情多上點兒心。

「你身邊就沒個合適的？」

我問顧言這句話的時候，心裡其實是想知道，他現在有沒有喜歡的人。

「喜歡我的確實有，但我都沒遇到有感覺的。」

沒遇到有感覺的？說明他對我也沒感覺？

喜歡一個人就是這麼可笑，他的一句話，你恨不得掰開揉碎，字字研究。

「倪安好，你一天天怎麼這麼多問題！你都單身這麼長時間了也不談個戀愛，你還有心思管我？」

「算了，主動跟你交代一下，最近有個男的在追我，比我大八歲，離過婚，沒孩子。」

「你可拉倒吧，大這麼多！」

顧言看出了我眼神中的飄忽。

「我天！倪安好！你可別告訴我你對這人有意思？」

「我……確實對成熟穩重的男人沒有什麼抵抗力。」

「喂！你瘋了吧！離過婚！」

「現在離婚的多了，離婚也不代表這個人就不是個好男人。」

……

我也不知道那天我怎麼了。

我喜歡了顧言三年多，我為什麼要在他面前表現出我似乎對另一個男人心動了？

甚至，連我自己都不知道，那心動是不是真的。

三年來，我不敢聲張我對顧言的愛。

我把那份愛保護得無比嚴實，就像我根本不愛他一樣。

原來，我對顧言的愛，一點兒都不偉大。

原來，不被愛的人從始至終是孤獨的。

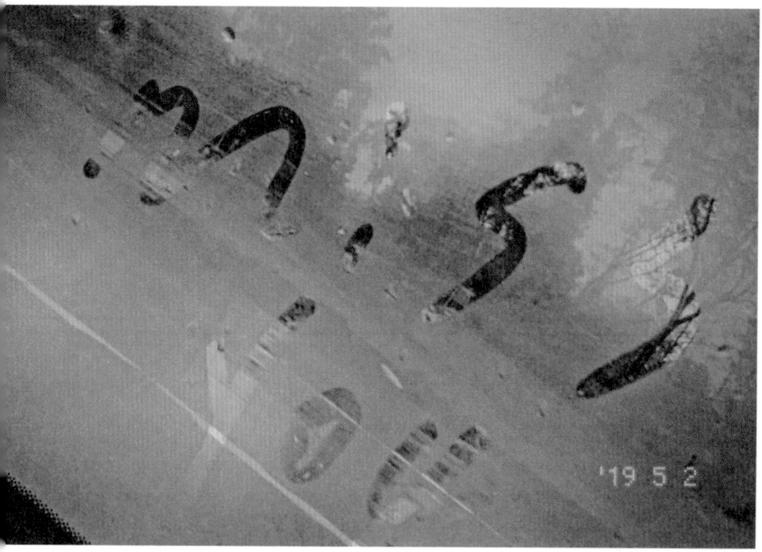

愛，是一個人能對另一個人做的最大的奉獻。

Story 2

讓我們念念不忘的，不是人，是遺憾

1

——

「安安，搬來和我一起住吧。」

和殷振在一起三個月後，他向我提出了同居。

他不叫我安好，他從認識我的第一天，就叫我安安，他說這樣顯得他和我的關係非同一般。

收到這條資訊的時候，我正在廣州出差。

年底的南方城市，濕冷得可怕。

「我現在的房子還沒到期呢，你那邊離臺裡太遠了，我早上起不來。」

「我送你啊，每天把你送到臺裡，我再去上班，限號那天我就陪你坐地鐵。」

殷振住在東五環，租的房子。

他和前妻離婚之後，把房子留給了對方，自己一個人搬出來。八年的戀愛，兩年的婚姻，他說捨不得讓她一無所有地離開。

我是個心腸很軟的人，特別容易被感動，特別容易愛上「好人」。所以，雖然殷振離過婚，但在我心裡，就憑這點，他是個好人。

「那個，我覺得我們慢慢來，給我點兒時間好嗎？」

我這個人呢，跟朋友相處很容易熟絡，但在戀愛裡卻很慢熱。我害怕來得快去得也快的感情，我害怕在開始的時候交付太多來不及收手，我害怕遇到渣男害怕被傷害。但我始終覺得，這樣的謹慎是對的。

殷振是江蘇人，國內名校畢業之後，在墨爾本深造過三年。留學經歷讓他回國之後在事業上一直順風順水，幾年來全部的成就都搭進了那套給前妻的房子。離婚成了他人生迄今為止最大的事故，但也變成了他事業上最大的轉折。

他辭去原公司總監的職務，自己創業，開了一家小設計公司。

他父母親都是大學教授，從小家教很嚴，所以從我見到殷振的第一眼我就覺得他從頭到腳都散發著一股強烈的剛正不阿的氣質。

我跟他是那種看起來走不到一起的人。

單從身高這一點，差距就夠大。他一米九，我一米六。

他不喜歡我穿高跟鞋，我喜歡他這一點。

他抱我的時候，我剛好到他胸口，以前這樣的畫面只存在於我看到的漫畫格裡。

我喜歡他這樣的高度，我喜歡他抱我，尤其是反手拉住我的胳膊，再把我拽到懷裡摟住的感覺。

顧言從來沒有這樣抱過我。

不對，顧言從來沒有抱過我。

所以，我更喜歡「喜歡我的」殷振嗎？

還是，我「從未得到過的」顧言？

所以你有沒有想過，你那麼喜歡的那個人，你是真的很喜歡他嗎？
還是因為，你從來沒有得到過他？
其實，我常常這樣問自己。
我是不是因為沒有得到過，才喜歡，才沉迷，才不放棄。

在我和殷振在一起之後，我也常常猜想，顧言會吃醋嗎，會難過嗎，會後悔嗎，會想念我嗎？像我想念他那樣？

2

「一米六但身材傲人的安安，晚安。」
「今天吃了兩碗大米飯但依舊很瘦的安安，晚安。」
「今天親你的時候覺得你嘴巴真小的安安，晚安。」
「兩週沒見明天終於能揉你大胖臉的安安，晚安。」
……

每天晚上睡覺前，我都會收到殷振發來的類似這種句式的晚安。

在他之前，沒有人這樣對我過。

甚至，「晚安」這種話從來都是我主動對顧言說。

我承認，剛開始和殷振在一起，被追求的興奮喜悅和感動大於我對他的愛。但現在，我發覺自己一天比一天在意他的言語他的肢體他的神態和他對我說愛的方式。

儘管我知道，人的感情是沒那麼容易控制得了的，但我還是一次次地告訴自己，你已經和殷振在一起了，你不能再想著顧言了，你不能總跟他聯繫，你也不應該再跟他繼續這種曖昧的關係。

人的心理暗示是有作用的，人在不對的事情面前是可以保持理智的。

我和顧言的最後一次見面停在他說改天要帶我去吃全北京最棒的越南河粉那天。

「倪安好，你今晚去哪兒了？和誰在一起？」

倪安好？他叫我倪安好？

「我和臺裡同事啊。」

「誰？我認識嗎？」

「你不認識，就隔壁頻道一個女孩兒，我倆是老鄉，今晚一起吃了個飯。」

「跟老鄉聊天能聊到這麼晚？」

之前拒絕了殷振同居的要求之後，我答應他每週末我都到他家裡跟他一起住。這段對話就發生在那個週五晚上十一點多。

「不是，殷振，你發什麼神經，大晚上的莫名其妙質問我！」

「那你現在給那女孩兒打電話，讓我問問她你倆晚上是不是在一起！」

「殷振！你夠了！你懷疑是嗎？在你眼裡我就是這種人嗎？」

「你要是真跟她在一起，你怕什麼？打電話啊！」

「我告訴你，你愛信不信，你要是覺得我今晚和別人在一起，行，我是和別人在一起，然後呢？」

「倪安好，你真過分！」

和殷振在一起的第五個月，我們倆迎來了第一次爭吵。

我從來沒想到殷振會有這樣的一面，平時那個體貼溫柔、和聲細語的他，今天怎麼了？

那天晚上，他睡在客廳，我睡在臥室，我倆誰都沒說話，各自生悶氣。我被冤枉，好好的週末被他破壞得心情全無。他整晚都在胡思亂想，翻遍了他知道的我全部的社交軟體，把我發過的所有動態看了個遍。

我接受不了男人這樣的質問，我既然跟一個人在一起了，我就會好好珍惜，努力經營。我最討厭對方無理取鬧，脾氣暴躁。殷振那天晚上的行為和他說話的語氣，他的不成熟不冷靜都讓我討厭。而且我特別不喜歡冷暴力，兩個人之間有問題有矛盾，那就心平氣和地好好溝通，想辦法解決，胡思亂想亂發脾氣只會讓事情越來越糟。問題沒說清楚，奪門而去，兩個人都備受折磨。我實在難過。

那天晚上我大概凌晨四點才睡著，一直想不通殷振為什麼突然性情大變？早上醒來已經九點半了，在床上躺得難受，但也不願起來，想著不知道開門之後他在幹嘛，萬一還是一張大臭臉，萬一又開始逼問，我可受不了。

他睡得好嗎？我不知道。

十一點多的時候，我實在躺得渾身難受，關鍵是太餓了。

我小心地開門，努力不發出任何聲響。

打開門，地上一杯蜂蜜水。

殷振知道我有個習慣，每天醒來第一件事就是泡蜂蜜水喝。

我經常便秘，這個習慣我保持了好多年。

還是很生氣，委屈。

你以為一杯蜂蜜水就能哄好我？我昨晚眼淚都白流了？

算了。我倪安好天生大度，不跟你一般見識。看在你平時對我那麼好的分兒上，

我就給你個臺階下。

「小振振，小振振？振振小哥哥去哪裡啦？」

他在陽臺抽煙，他都戒了好多年了，我和他在一起之後從沒見過他抽煙。

「振，我錯了，昨晚我不應該故意那麼說話氣你，你怎麼能那麼懷疑我呢？」

「好啦好啦，是我應該跟你道歉，對不起，昨晚對你好凶，我錯了。我知道我不應該那樣想你，我知道你不是那樣的人。」

「你知道我不是那種人，你還那麼說我。」我邊說邊嘟嘴，一臉委屈。

「唉，我也不知道我昨晚怎麼了。可能跟你們女生一樣吧，每個月總有那麼幾天，親戚來了，神經敏感。我昨天下午翻你微博，看你最近發的東西好像都是關於一個人的，我看著生氣。你這個人又很少社交，昨晚你又那麼晚才回來，我就覺得你是不是跟那個你微博裡寫的人在一起。」

我這個人，確實有個毛病。

關於偶爾想念顧言這件事，我藏不住，總是發出去才覺得心裡舒服了。

我不知道殷振發現了我的微博小號，所以我平時各種各樣的心情狀態都會在上面發。有時候也未必真的怎麼樣，就是閑得沒事矯情兩句。但這種事就是這樣，說者無意，聽者有心。如果是我，我要是看到殷振發這些東西，我也多少都會亂想。

「算了，我也不想知道他是誰。我相信你。其實心裡有個沒能在一起的人，挺正常的。我不能攔著你讓你不去想念他。但安安，我希望我們倆能彼此坦誠，在一起就一心一意好好在一起。如果哪天你真的不愛我了，或者想跟別人在一起了，你就直接告訴我。我經歷過一次了，不想再有第二次了。」

殷振的敏感源自他前妻，兩人離婚是因為對方出軌。

他前妻出軌兩年後，才被殷振發現。

殷振一把將我摟進懷裡，他把我的頭輕輕按在他胸口最暖的地方。

「安安，我愛你。」

「你愛我嗎？」

「愛。殷振，我愛你。」

我愛他，我是真的愛他。

殷振掐掉的那半個菸頭還沒完全熄滅，但我們心裡的火，都滅了。

週六的早上，樓下的油條一如往常地一根根炸著。

我們倆，一如往常地，愛著。

我是不是因為沒有得到過，
才喜歡，才沉迷，才不放棄。

3

我比殷振小了八歲，我比他少了八年的人生，八年的故事，八年的經歷，八年的愛情。

殷振比我做得好，殷振在他跟我在一起之前就告訴了我他遇到我之前的他的人生，他告訴我他的心裡永遠會為他的前妻留一個位置，他告訴我他曾經是多麼多麼愛她，他告訴我他們離婚的原因，他撕開傷口給我看，跟我說那些傷是如何造成又在怎樣療癒。

殷振用他的坦誠相待讓我對他沒有猜忌，沒有不解，沒有疑慮，讓我能夠放心地享受這個人對我的付出和愛。可我錯了，我以為不說才是最安全的，不說才是最大的保護和尊重，我以為過去不需要交代，我以為多說無益只能產生懷疑。

其實，說不代表交代，說是分享，是把我過去的故事講給你聽，是我跟你念叨念叨你沒來的那些時日裡，我遇見了誰，經歷了什麼樣的事情，擁有了一場怎樣的愛情。說是接納，讓你接納我的過去，也讓我自己原諒和接納過去的那個自己。

我常常聽人說，別跟現任聊起太多前任，別讓當下身邊的人知道太多你過去的事。但在我和殷振之間嘛，他對了，我錯了。

我錯了，錯在心裡想著別人卻沒有告訴現在的人；錯在沒有告訴對方我是在認真跟你交往的，但也曾認真地喜歡過別人；錯在我應該告訴他，我沒辦法在跟你交往之後就把前人忘得乾淨，我會偶爾想起，我會在心裡給那個人留個位置，但這一切都與我正專注地愛著你這件事無關。

殷振，他也錯了。錯在他低估了自己在對方眼裡的重要性，錯在他試圖用最幼稚的方式解決也許最難解決的問題，錯在無理取鬧，錯在沒有用正確的方式告訴對方自己的用心和在乎。

我們倆之間的這次爭吵，是所有情侶在感情中都會面臨的狀況，或許也是最嚴重的狀態。

拋開我們倆不說，其實我們都要學會在愛情裡蒙上眼睛，我們要做感情裡的近視眼，看得越清愛得越累，越想看清卻越看不清。做對方身邊的那個人，彼此陪伴走上一程，就已經很幸運了，何苦去打擾對方心裡留有的那點點清淨。只要在原則之內、底線之上，那希望我們都能有接納的氣度，如果不能，那就讓我們彼此坦誠，告知心意。

愛是成全，是包容，是平等，也是交付。愛是我允許你心裡留有他人的位置，但那位置絕不能影響你我感情裡的信任與忠誠。

「好啦，都告訴你啦，我和顧言就是這樣。」

「謝謝你說給我聽，你願意說，我很開心。」

一週後的晚上，我告訴了殷振我和顧言的故事。

翻過身，殷振抱緊我。

我把腿搭在他腿上。

他說明早沖蜂蜜水給我喝。

愛是我允許你心裡留有他人的位置，
但那位置絕不能影響你我感情裡的信任與忠誠。

4

「顧言，謝謝你以前對安安那麼好，謝謝你一直替我照顧她。你們倆的事情，安安都跟我說了，她是個好女孩兒，你是個好男人。有個問題，我很好奇。男人之間的對話，你能告訴我嗎？你，喜歡過她嗎？」

「如果不是你出現，現在，是我在愛她。」

這段對話，三年後，在我和殷振分手那天，他告訴了我。

讓我們念念不忘的，不是舊人和舊時光，是那裡面的遺憾哪。

聽她的聲音｜會上癮

愛不了的人，就好好說再見

Story 3

我不喜歡一成不變的人生

1

「仇子言，我辭職了，大概二十天交接。」

「你媽同意了？」

「我沒管她怎麼說，我直接通知她了。」

「行，決定了那咱倆就幹。」

仇子言，是我一年前認識的女孩兒，內蒙古人，性格剛烈直率，文筆很好，內心善良，不染塵埃。

一年前她投稿給我，我一眼看中，她成了我自媒體平臺的兼職寫手。

這一年裡我倆從來沒見過面，她人在呼和浩特，我人在北京。我們倆只通過微信聯絡，甚至沒視頻過，只看過對方磨皮瘦臉之後的照片。

我選擇從電視臺辭職是因為這一年裡我的自媒體平臺發展得很迅速，我在短時間內感受並抓住了新媒體時代的很多機會，我開始擁有自己的一大批聽眾讀者和粉絲，也幸運地賺到了更多錢。

我不是一個喜歡一成不變生活的人，我不喜歡一眼就能看到頭的人生。

電視臺的工作，每天早上六點上班，每天的工作內容換湯不換藥，我彷彿能看到自己二三十年後精進得只有說話的技巧，我卻難以得到更多的提升和成就感。

但我說的，是現在的我。

以前的我，可不是這樣想的。

從前我的人生理想就是一輩子待在臺裡，做個資深的新聞主播，找個經商的另一半，過好我聚光燈前的一生。我覺得女孩兒的人生就該安安穩穩，做自己喜歡的事情，不需要去經歷太多的風風浪浪。

改變了我的人，是殷振。

而這，是殷振出現在我生命中的這三年給予我的最大的改變。

為此，我將終生感謝他來過。

「我今年過年回不了家了，我是新人，得留在臺裡上春節期間的節目。」

「那我也不回家過年了，我留下來陪你。」

跟我在一起之後的時間裡，殷振為我做過很多讓我無比感動的事情。留在北京陪我過年，就算一個。

我在臺裡工作的第一年，也是唯一的一年，我在北京過的春節，和殷振一起。而那個新年，也是我迄今為止唯一一個沒有回老家過的年。

「殷振，我最近一直在想一件事，我覺得真可怕。我這種工作模式，每週只有週日休息一天，一年到頭只有五天年假，平時沒人代班主持，中秋國慶沒有休息，我連生病都不敢請假，現在過年又不能回家，我上次見我爸我媽還是他們倆過來看我，我已經好久沒回過家了。我爸媽已經快五十歲了，這樣算下來我每年也就能見上他們兩三次，每次在一起不超過三天，太可怕了。」

「而且，我沒有自己的生活，我們倆也沒有我們倆的時間。」

「你想過辭職創業嗎？」

「我？創業？天哪，這完全不在我的人生規劃裡。」

「你為什麼一定要過你原本人生規劃裡的人生？」

殷振的一句話，讓我開始認真思考這個問題。而且他每天都會跟我念叨這件事，跟我強調他從原公司離職自己創業之後的變化。

他的話我都聽進去了，而我自己真實的生活和工作狀況也讓我辭職的念頭越來越強烈。

我心想，我才二十幾歲，萬一我創業失敗，那我大不了就從頭再來。

如果我在二十幾歲的時候都縮手縮腳不敢嘗試，那等我年紀再大一點，身上要承擔的責任會越來越多，我會更不敢改變生活現狀，更不敢嘗試新鮮事物挑戰自我。

我現在在做的事情，我正在經歷的人生真的是我想要的嗎？

理想是生命中所有不如意的總和，
是你每一年生日願望的疊加。

理想是翻滾在你身體裡最內核的暗流，
是支撐你走向無數個來日的信仰。

2

辭職之後，我搬進了殷振在東五環的家。

我和他，我們每天都在一起。

我和仇子言的第一次見面，就在這裡。

我倆約見面的那天，我沒化妝，沒打扮，穿了我所有睡衣中最醜的那件，她敲門的時候我剛洗完頭髮，頭上裹了條白毛巾，樣子像極了小時候家門口賣鴨蛋的婦人。

也不知道為什麼，我和仇子言這一年網友般的相處，讓我在和她的第一次見面沒有任何防備，像是認識了好多年的朋友。

仇子言背了個書包，提著三大袋東西進門。

從內蒙古帶給我的特產，樓下買的零食和水果。

「你行李呢？」

「包裡啊！」仇子言扭過身，給我看她的雙肩包。

「我的天，敬你是條漢子，你一個女生出門，東西也太少了吧！」

仇子言最大的特點是，活得像個男人。不對，她比男人還男人。

長相其實挺女生的，也很會穿衣打扮，連衣裙一穿，屁股是屁股，腰是腰，除了胸小點兒，沒別的毛病，哈哈哈哈哈。（她從來不承認自己是「飛機場」。）

仇子言的男性特徵體現在她的行走站立，言談舉止。但像男人這件事，除了讓她找不到男朋友，其實挺好的。

人有俠義之氣，豪爽大度，潑辣耿直。

比如來我家提著的那滿滿三大袋的東西。

比如她見我的第一句話：「哎呀老闆！哈哈哈哈哈哈哈哈哈！你怎麼這麼醜！」

我一點兒都不生氣，反而很開心有仇子言這樣的人在我身邊。

3

仇子言比我小兩歲，一九九五年生，心理年齡不小，做事果敢成熟。四眼牙套妹，顴骨高，吃起東西來像隻松鼠。戀愛經驗為零，性取向正常，守身如玉，沒對現實生活中的任何一個男人提起過興趣。人生唯一的興趣就是學習和工作，從小立志做個有錢人。

前段時間在一個聚會裡認識個男生，對方說對她印象很好，想加個微信保持聯繫。仇子言連客氣都沒客氣一下，直接給對方回了一句：「我不想加你微信，不想深入瞭解你。」

我也說不清她這是優點還是缺點。

但我佩服她，我是做不到這一點。

拒絕無用社交，直截了當地告訴對方「我對你沒興趣，我不想跟你做朋友，我們倆不是一路人，我不想和你約飯聊天」——真是種難得的品質。

對，我願意把那解釋為好的品質。
仇子言不是個怪人，沒有不食人間煙火。
她只是個有性格的九五後。

她有一個喜歡的男生，代號Y，當紅作家，基本等同於她現實生活裡的虛擬人物。
她的人生理想除了工作賺錢，就是早日「迎娶」Y先生，然後攜手走上人生巔峰。
她努力奮鬥的口號是：「如果Y有女朋友了，我就回內蒙古放羊。只要Y能認識我，下輩子我甘願黑矮胖醜A罩杯。」

仇子言說她不會談戀愛，也不想談戀愛。
我說，那咱倆就好好幹事業，爭取早日環遊世界。

我現在在做的事情，

我正在經歷的人生真的是我想要的嗎？

我不會留下回憶，也不會再去回憶

1

「安安，你不會也像她一樣離開我吧？」
殷振的表情認真極了。
這兩年來，我一直都知道，他怕我走。
「不會，我不捨得再讓你受一次傷了。」

人在愛情中會常常發問，我也一樣。
他更愛我還是我更愛他？
殷振愛我，比我愛他多。
這樣對他，不公平。

2

「安安，你看你也搬進來了，親兄弟還明算帳呢，我這房租一個月兩萬七，咱倆AA？」

「啊，好。你算一下多少吧，我轉給你。」

「今天買的新沙發和床，還有電視，帳單在這裡，你看你什麼時候給我？」

「嗯，現在。」

「今天我請客？」

「哦，我請我請。」

「你幹嘛活得那麼虛榮啊，包不就是裝東西的？你買那麼貴的幹嘛？」

「我花你錢了？我自己有錢買得起，我願意。」

「哎呀情人節外面全是人，出去幹嘛，吃什麼燭光晚餐，咱倆家裡吃吧。」

「你今天給我準備啥禮物了？」

「你還要我給你買禮物？你昨天不是剛買了好多件新衣服？」

「明天去見我父母，你去挑個禮物，什麼東西無所謂，價錢也無所謂，總不能空手去，讓他們高興高興。」

「我正在公司和客戶聊呢！我現在去商場正堵車，要開一個小時，而且我這客戶一下幾十萬的專案，比去給你媽買禮物重要吧？」

「你看，三亞氣候這麼好，咱倆一起出錢買套房子吧？」

「不買，咱倆以後又不生活在這兒，我們在北京在老家都沒房子，要買也是在現在要生活的地方買，三亞這種都是度假房了。」

「你看，我來這邊身體都舒服了。我爸媽年紀大也怕冷，他們冬天可來這住。」

「我怕黑，我在這兒五天都曬成這樣了。」

「那你就去沒有太陽的地方啊，曬的時候你就別出門。」

「殷振，我跟你在一起這麼長時間，你什麼都沒送給過我，你沒給我過過一個生日、一個情人節。聖誕七夕你都不願出門，平時逛街你從來沒像個男人一樣幫我結一次賬。除了我求著你，讓你在法國給我買的那條項鍊，你主動送過我什麼？你知道我自己都買得起，我也從來不圖男人的錢，可是我不要不代表你可以完全不給，我也是個女人，我也需要被寵愛，我也想像別人一樣說：『你看，這是我男朋友送我的。』」

「對啊，你自己都能買得起，你還需要我給你什麼？」

我倪安好，有錢活該？

其實，也想過分手。

可是，每個人都有缺點，難道要一直換嗎？

下一個也不可能是完美的，他還是會有自己的缺憾和毛病。

起碼殷振不抽菸不喝酒不嫖不賭不夜不歸宿，我該知足。

人心很脆弱，你得學會哄它。

我時常哄它。

人心很脆弱，你得學會哄它。

3

我做好了不會跟他走到最後的準備。我不會跟他結婚，我不會再見他爸媽。我不能這樣繼續下去，我們不是一種人。早晚都是要分開的。

我要和他分開的原因不是他不肯給我花錢，也不是他從來沒有主動送給我任何一件禮物，不是他不給我過生日也不記得我們的紀念日。這些會影響我關於他愛我這件事的感受，但不會影響到我要和他分開。

我之所以要和他分手，是因為我沒有辦法跟一個斤斤計較、以自我為中心、三觀不合的男人在一起一輩子。我是一個有能力愛我自己的人，可那並不代表我不再需要別人給我的愛。當你對一個人某種觀念或者行為上的厭惡大於他對你或者你對他的愛，那麼就別再拖著了。

人，常常會因為感情中突然出現的一件小事、一個小小的矛盾分歧，一瞬間就對自己當下身處的感情感到無比絕望。那種絕望是心灰意冷，是不再想扭轉局面，是不願意再做任何的包容或者忍讓，是之前無數個細碎小爭吵的總和。然後，就決定不再回頭了，無論對方是怎樣努力挽留。

在這個不流行書信的年代，我做了件最最老套也最最狠心的事情。我是那個主動提出分手的人，也是那個不願當面跟他說分手的人。

我留下了一封手寫的信，我寫字很好看，所以我願意寫信，雖然我已經不再愛他了，但我希望我最後留給他的東西是美好的。我留下一張銀行卡，是我這個月跟他AA制的房租和我能記得的他為我買過的幾件東西的價錢的總和，我不想欠他的。

我搬走了所有的東西，在他回家之前。

殷振，對不起，我不能再愛你了。

謝謝你在三年間為我付出的一切。

我知道如果當面跟你講這番話，你會哭。我不想看你哭，所以我用寫信的方式跟你說再見。

我愛你愛得好累啊，我不想再這麼辛苦下去了。

我很後悔我跟你說過不會離開你的話，然後竟然這麼快就要食言。

我們兩個人有著各自的缺陷和稜角，然而我們卻誰都磨不平對方。

當沒了愛的時候，連看過去兩個人之間說過的那些情話都是可笑的。我一天都不想在你身邊多待了，我不想再看到你的臉、聽到你的聲音。

我們分手，我是不會哭的，我很開心，我要開始新生活了。

你恨我吧，你可以像從前對我發脾氣那樣罵我。但抱歉，我再也不用聽那些抱怨了，我再也不用忍受它們了。

你是個好人，但我要找的不是個像你這樣的好人。

我會永遠記得並感激你對我的所有的好，但剩下的，我都會忘記的。

這個房子裡，每一樣我曾經跟你AA制買下的東西，我都不會帶走的，留給你吧，希望看到它們你能快樂。

那天你指著電腦螢幕上我們剛在一起時拍的合照問我，我們還回得去嗎？回不去了。

我給你寫這封信之前，我把我們所有的照片都刪了，我是真的一張都不想再看到了。你也刪了吧。

我不會留下回憶，也不會再去回憶。
我不要你了。
哪怕我也為你付出過很多，哪怕我也認認真真地珍惜過。
江湖很遠，人生太長，我想看看我以後的生活是什麼樣子的。
有沒有現在好，我都認了。
如果你是我錯誤的選擇，那我現在就要結束這個錯誤。
沒有人能讓我將錯就錯，沒有人能讓我留在原地，沒有人能讓我不幸福。

般振，謝謝相遇，謝謝被愛。
我不後悔當初跟你在一起，但我後悔沒有早點兒寫下這封信給你。
我是個狠心的人，我不愛你了。

相冊裡的照片我沒刪。
現在才分手，我沒後悔。
我還是會想他的，我留下了些回憶，並且我會懷念的。

這些話我是不會告訴他的。
我希望他看完這封信就開始討厭我了。
我希望他再也不要想起我。
我希望他別再受傷了。

如果昨日無法重來，
那我祝你在新的年月裡，順遂平安。

聽她的聲音｜會上癮

別回頭，別糾纏，別念舊

Story 5

我們，愛過就好

1

「你的裝修風格是什麼？」

「我的裝修沒有固定的風格，我不知道我該把它稱為什麼。

「我一直覺得一座房子的風格不是設計師給的，不是我布置出來的。房子的風格是家裡的主人住出來的。他們是什麼樣的人，就會住出什麼樣的風格。」

這段話是正在給我裝修新房的設計師對我說的。

她說別人常常這樣問她，她都不知道該怎麼回答。

真是個有趣的人，我喜歡這樣的人。

2

她叫嘻嘻，這是她給自己起的名字。

她不喜歡自己原本的名字，她直言那名字好難聽。

她說，名字很重要，名字開心了，人也就跟著開心了。

說完之後，嘻嘻，嘻嘻嘻嘻嘻嘻地笑著。

嘻嘻是臺灣人，三十多歲，具體多大我也沒問過她。

我越來越不在意身邊人的年齡，我並不覺得那有多重要。

嘻嘻在幫我裝修房子之前，一直都是在劇組做美術的，拿過幾次在臺灣很有分量的最佳美術的獎項。上學的時候她學的室內設計，畢業之後有幾家專業的室內設計公司可以去，但她思索再三還是沒有選擇做這部分工作。

她跟我分享這段經歷的時候，我們倆坐在還沒完全裝修好的新家的吧檯前，牆壁的顏色是藍黃色。我記得很清楚，那天我們倆戴著手套，啃了一晚上雞爪。

「安好，我當時就在想啊，一座房子，是這個家的主人這輩子買過的最大的物件，那很有可能是他這一生最重要的東西。那個臥室、客廳、廚房、浴室是他要生活幾十年的地方。然後他把這套房子交在你手裡，讓你去裝飾它、打理它。我很害怕，萬一我弄出來的樣子他不喜歡，萬一他喜歡的樣子我做不出來，我都沒法去面對那樣的後果。這對剛畢業的我來說，責任太重了，我沒辦法輕易接過他從前的故事和他之後的人生，如果我滿足不了他對這座房子的期待，那我就等同於毀掉了他人生最大的夢想。」

「所以，現在你為什麼願意做了？」

「我現在會很謹慎地選擇客戶，我要確定他的人生是我能看懂能理解的人生，我們對於房子的定義得是一致的，他關於一個家的設想得跟我是在同一頻率的，並且他要是一個有樂趣的人，他願意接受我在裝修這件事情上的有趣。」

「其實我做這件事情不賺錢的，我享受的是做這件事情的快樂，和屋主收到房子時的滿足。如果我的工作我的事業不能讓我感知快樂，那我會覺得自己是個很失敗的人。我也不認為房子的主人願意把他的家放在一個不快樂的設計師手裡。」

「我接觸過一些設計師，我覺得他們的工作就像套公式，整理出一套自己的風格，然後把那個模式貼進每一座房子裡。我想不通，這樣的工作有什麼意義。一個設計師設計的從來都不是美感不是顏色，不是某個環境和空間，我們要設計的是委託人在接下來的時間裡將在這裡發生的一切。」

兩個盤腿坐在高腳椅上的女人，啃著雞爪喝著可樂，聊著一件聽起來嚴肅但很美的事。

我問嘻嘻：「那你呢？你家是你自己設計的嗎？」

「我家？」

我點點頭。

「我現在沒有家，不是說沒有住的地方，而是沒有真正意義上的家。家的味道是要和另外一個人才能住出來的，可是我的另一個人離我很遠。」

「所以……」

「老何說，讓我等他回來。」

當「等我回去」變成「再也回不去」，
你是不是希望「過去」最好從沒發生過？

3

老何是她談了兩年的男友。

在一起兩年，異地一年。

他們的異地，是一年到頭都不見面的那種。

我不想告訴你們老何在哪兒，真是個遙遠的地方，我也是後來才知道的。

「你願意等他嗎？他真能回來嗎？」

嘻嘻沒接我的話。

「我的職業讓我經常能尋到很多有趣的大小物件，我看到了就會買回房間裡擺著。有些東西真的超有趣的，老何他肯定會喜歡。」

「真好，等他回來，等你們房子弄好了，記得叫我去做客。」

嘻嘻，嘻嘻嘻嘻嘻嘻地笑著。

老何是嘻嘻以前跟劇組在拍戲的時候認識的攝影師。

兩個人一見鍾情，聊了半個月就在一起了。

感情很好，從來沒吵過架，甚至連爭論都沒有過的那種。

可能因為兩個人都是搞藝術的，所以在很多觀念和審美上都高度一致，遇到如此志同道合的人實屬難得，兩個人都很珍惜。

那天嘻嘻跟我講了一件事，我很佩服也很羨慕。

因為工作關係經常熬夜，嘻嘻身體不太好。從兩個人在一起那天開始，老何每天晚上都會雷打不動地幫嘻嘻泡腳然後按摩。

老何說，兩個成年人在一起，其實能為對方做的事情並不多，有一件就做一件，能多付出一點兒就多付出一點兒，愛是這個世界上最不能吝嗇的東西，別斤斤計較別錙銖必較，更別祈求回報。

一個人願意讓你愛他，就已經是你很大的幸運了。

你得好好愛，別辜負了對方的信任和期待。

那天晚上，杯盤狼藉，兩個被裝修搞得蓬頭垢面的女人，聊了好多。

原來，每個人的血液裡都流淌著很多閃著金光的經歷。

原來，愛是會被深深印刻的。
原來，愛是證明你來過，最好的證據。

對了，有件很重要的事，忘了告訴你。

「嘻嘻，等我回去。」
這句話，是老何跟嘻嘻說過的最後一句話。
然後，就沒有然後了。

當「等我回去」變成「再也回不去」，
你是不是希望「過去」最好從沒發生過？

對，老何在的地方很遠，再也回不來的那種遙遠。
老何沒有信守諾言，但我知道，他也不想。

4

那天聊天的結尾，我說錯話了。

但我相信，「愛過」本身就是有味道的，嘻嘻的房間裡一定還有那個人的味道。

真希望，嘻嘻買回房間裡的那些可愛的物件，將來會有別人陪她一起欣賞。

原來，老何是嘻嘻談了一年的男友。

一年同城，異地終身。

我不會哭，嘻嘻希望她身邊的人都快樂。

我希望，嘻嘻快樂。

你回不回得來不重要。

你，來過就好。

如果當時你沒走，
如果當時我挽留，
是不是結局就會有所不同？

Story 6

我從來沒有忘記你，在你離開後的日子裡

1

馮含跟我說過一句話，印象深刻。

「情歌寫的不是歌，情歌寫的是真實的命運和人生。情歌未必都好聽，但情歌讓人思考讓人變冷靜。」

馮含是個不喜歡去KTV的人，他說包廂裡的氣氛太壓抑，適合喝酒，不適合唱歌。

他有個特點，喜歡哼歌，聽得清歌詞的聽不清歌詞的。

我最常聽到的一首叫《現在我很幸福》。

他唱之前，我不知道這首歌，是搜了歌詞才知道的名字。

「現在我有了幸福，有人照顧，應該知足，你不像他，從不讓我哭，可是我越想投入，越是生疏，抱得再緊，依舊止不住那流失的溫度。現在我不停忙碌，不斷讓步，想看清楚，你不像他，把我當成全部，可是愛有時善良，有時殘酷，我要如何，愛他像愛你那樣義無反顧。」

2

馮含，是我跟仇子言一起做公司之後，因為工作認識的朋友。馮含在現實生活中真實的身分是名攝影師，但他特別跟我說，想在我的故事裡做畫家。

那天，寫到這兒的時候，我嘴裡嚼著金槍魚，打電話問他：「傻子哥，你能告訴我你為什麼想讓我把你寫成畫家嗎？」

「我小時候最大的夢想是當畫家，但這輩子是沒機會了，讓我在你的文字裡過把癮也好。你記得啊，好好寫，把我寫成擁有世界名作的那種！家財萬貫！揮金如土！學識淵博！為人忠厚！」

「你做夢！我要把你寫成一個落魄的窮苦畫家，你人生中最幸運的事情就是能成為我倪安好公司的畫師。」

「你這個狠心的女人！」

馮含補充說：「我連我的名字都想好了！我就叫伍爾察！」

我坐在電話這頭發出了鈴般的笑聲。

「你有病啊，你以為你是個阿哥啊，還伍爾察，你怎麼不叫伍爾康！」

「伍爾察＝5XL。」

沒錯，人物鮮明，特點突出。馮含是個穿衣服要穿XXXXXL的胖子。但說實話，我從不覺得他油膩。他是個很可愛的人。

馮含，我現在叫他傻子哥，前段時間他還不叫這個名字。

這麼叫他是因為有一天中午他遛狗，突然發資訊跟我說：

「倪安好！今天天氣好好啊！我可能因為太久沒出門了，我覺得我現在有點兒暈陽光！」

「哈哈哈哈，你怕是個傻子吧！」

這個階段我叫他傻子哥，由此得來。

以前我還給他起過很多名字，以後他還會擁有很多，全看我心情。沒錯，我和馮含關係很好，他大概是我最貼心的男閨密了。

想來想去，我決定成全馮含，讓他做個畫家。

但，他的境遇還是他自己真實的境遇。我不喜歡編故事。

3

我是個不喜歡別人陪我逛街的人，我喜歡自己逛。

我覺得別人陪我逛街，會給我增添好多麻煩。

別人會給我意見，我聽還是不聽？黃色和綠色該買哪件，褲子和裙子要買哪條？

我喜歡自己目標明確地去買東西，也不耽誤時間，自己喜歡什麼就買什麼，自己為自己的選擇負責。

我喜歡自己逛街這件事，在我跟馮含變成好朋友之前，從來沒人打破過。馮含在我心裡很重要，他對我很好。我對他也很好。

仇子言的說法比較準確，有一天她特別正經地在我們的群裡跟馮含說：「馮含，倪安好認識你之後，她比從前快樂了好多。」

是真的，我認識馮含之後，他帶給了我好多好多的快樂。不是那種每天會給你講很多笑話的快樂，而是，性格很像，笑點互通，他能看穿我的脆弱，我能一下找到他的軟肋，每天逗貧，一唱一和。只要他在，我們倆就能把在場的所有人都逗得很開心。

這麼寫下去，感覺這兩個人好像關係也不是很單純的樣子，哈哈哈哈。各位看官請放心，我倪安好和馮含沒有感情戲。

我不知道你們是否被問過這樣的問題：「男女之間到底有沒有純友誼？」

我相信有。至少我和馮含就是這種。

馮含經常跟我說：「倪安好，你在我面前能不能注意點兒形象，有個女人樣兒，我一個直男都快被你一女的掰彎了，我都快對女人沒興趣了！」

至於他，打死我我也不可能愛上他。

（不好意思，劇情發展到這裡，馮含的人物缺點要暴露了。）

馮含最大的缺點，不對，不能說是缺點。

而是，我不喜歡的地方：重度拖延、幼稚鬼、玻璃心。

我喜歡成熟穩重並且內心強大的男人，馮含不是。

但這跟馮含好不好沒關係。

馮含曾經在一個問題上給過我一個特別有趣的答案。

我問他：「你喜歡有什麼樣特質的女生？」

馮含很認真地思考了幾秒，抬起眼睛跟我說：「我喜歡，牙齒不整齊的女生。」

我眼睛一亮，心想真是個有意思的答案。

「我不喜歡完美的人，我喜歡看人身上的缺陷，我不會嘲笑那些缺陷，而是真的對它們著迷。」

「我覺得牙齒不整齊的女孩兒很美，在我的眼睛裡，那種牙齒排列不叫亂，叫生動。我覺得有缺憾、不完美的人，都很生動。我會對這樣的人產生興趣。」

「哎呀我天！好險！幸虧我是個完美的女孩子！」

「倪安好！你臉呢?!」

4

——

我認識馮含的時候，他剛剛分手，和一個他當初認為「差不多」的女人。

馮含喜歡那首《現在我很幸福》，尤其是裡面的那句「我要如何，愛他像愛你那樣義無反顧」。

丁一落是馮含最愛的女人，從沒變過，無論後來他又遇見了誰。

當年分手的原因，不是因為不愛了，而是「女孩兒想嫁，男孩兒未娶」。

他們在一起的四年和很多情侶一樣，哭過鬧過動手過，中間也是分分合合，該經歷的都經歷了。用馮含的話說，他人生中絕大部分的「第一次」全都給了丁一落，而那些，是任誰都抹殺和替代不了的。

馮含在和這個女孩兒的戀愛裡學會了好多東西，浪漫、知足、分寸、包容……可是兩個在現實中相愛的人，還是要面對更多更現實的人生。

他們倆都是山東濰坊人。

在一起的第四年，馮含要去北京，丁一落說跟他一起。

丁一落說想結婚，然後兩個人踏踏實實地一起奮鬥。馮含拒絕了。

我不知道是不是所有的男人在面對女人結婚請求的時候，都會倉皇而逃，即使他很愛她。

「我們現在沒錢沒房沒多少存款，剛到北京人生地不熟，我們再等等吧。」

呵，老套。

「我們倆都在一起四年了，以前在山東的時候我就等你，你什麼都不說，你也不著急，現在我們要換一個地方生活了，要換一種全新的方式生活了，你還是不願意跟我結婚。你總讓我等讓我等，我究竟要等到什麼時候？等到再過幾年，愛的時間太久了太長了，不想再面對我了，膩了，我就徹底等不到了？」我能理解丁一落的傷心，她反問馮含。

「我不是不想和你結婚，我現在什麼都給不了你。我們倆根本不知道我們在北京能生活成什麼樣，我得對你負責啊。」

「算了，馮含。」

我聽馮含跟我說這一段的時候，我真挺生氣的。

男人總是口口聲聲說著責任，說要對自己的女人負責。可是你放著一個愛了你那麼多年的女人，當她都願意跟你一起奮鬥一起賺錢養家的時候，你卻無動於衷，拿你是為她好這樣的話當作逃避婚姻的藉口，這樣就是負責？

阻礙兩個人結婚的不是沒有房沒有車沒有存款，而是你們現在沒有這些東西卻還不去想辦法在以後擁有這些東西。可怕的不是初入社會的青澀單薄，不是你還不清楚自己人生的方向，而是當另一個人已經心甘情願地把自己的人生放在你手裡了之後，你竟然還信誓旦旦地對她說「我不能對你負責」。

當然，這些話我都只是在心裡想著，我沒說給馮含聽。

不是不能說，而是我知道，當馮含跟我講起這段故事的時候，他有多後悔。

那種感覺，我懂。

我不想讓他難過，我能為他做的就是安靜地聽他說完他想告訴我的。

馮含，我等不起了。

既然你沒有結婚的打算，那我們就算了吧。

四年，謝謝有過你。

——很愛你的丁一落

馮含說到這兒的時候，我問他：「你是怎麼回覆她的？」

「我沒回她，然後隔了一天，給她發了句『對不起』。」

故事沒有轉折，馮含沒有回頭，丁一落也沒有。

這是個悲傷的故事，像我們每個人都經歷過的悲傷那樣。
但，悲傷並沒有到此為止。
還有一些，比悲傷更悲傷的故事。

我要哭了，為丁一落，也為後來的馮含。
對，是後來的馮含，不是當時的。

如果當時你沒走，如果當時我挽留，是不是結局就會有所不同，是不是愛過的你就能跟我一起到白頭？如果我說的不是「對不起」，而是「我是真的好愛你」，會不會你就心軟就念及舊情就捨不得走？如果我薄情寡義看淡人世間的分分合合，是不是就能瀟灑坦蕩將故事連同舊人一併埋葬？

可惜，沒有如果。
馮含沒有挽留，丁一落沒有心軟。
可惜，沒有如果。
馮含太長情，長到現在都忘不了。

「倪安好，今天不說了，難受。」

「改天，你請我喝酒，我給你講故事。故事，就酒。」

聽她的聲音｜會上癮

真正愛你的人，捨不得讓你受委屈

Story 7

想過滾燙的人生，不負此生

1

故鄉是什麼？

故鄉是有過往也有未來的地方。

我想現在，北京是我的故鄉了。

我們每個人人生的去向，都是我們行走的每一步的疊加。

你把你的時間放在哪兒，你的未來歲月就在哪兒。

2

「公司今天搬到了更好的地方，我站在窗邊突然很感慨：從五環外到二環裡，從兩個人置辦桌椅板凳到一群人收拾搬家，就像當初給公司起名叫『更好』，我們確實在一點點變得更好。兩個小姑娘沒開過公司，不懂煩瑣複雜的社會法則，一切都是一邊學習一邊實踐，竟然也莽莽撞撞走到了現在，感恩，感謝。」

這是仇子言在我們公司搬家第一天的晚上發的。

我們倆並排站在新辦公室九十度轉角的大落地窗前，當時的那種開心和感動似乎是沒有什麼言語能表達的，只能不停地說著：「好開心啊，好喜歡這裡啊。」仇子言說我那天連擦桌子的時候都面帶微笑，而且是嘴角咧得很開的那種。

你看，真正開心的時刻，是會讓人有發自內心的微笑的。

你看，真正讓人喜悅的，是人生每一個關鍵階段的成長。

你看，努力的感覺，多好。

新公司在二環裡，進門就是一個大四合院，樓裡的裝修好極了，陽光很美，就連燈光都漂亮極了。

搬家的原因有幾個：有點兒迷信，原來的地方風水不好，好多家公司都經營不下去倒閉了，雖說我們幾年來的經營狀況都算不錯，但聽多了別人的故事，很多事情也就不得不信了。加上幾年間確實發生了幾件不太好的大事，也曾遇到傷害我的人。再者原來的地方交通不方便，離地鐵站有一段距離，大家上班都不太方便。最主要是因為公司不斷發展擴張，空間有限坐不下那麼多人了。

從找房子到搬家，用了不到十天時間，說來就又覺得自己是個幸運的人。雖然這一路也跌跌撞撞、四處碰壁也有過狼狽不堪，但總能幸運地化險為夷，總能在大事面前擁有些許好運氣。所以無論生活給過我怎樣的打擊，內心也總是感激的。

搬家那天，我發了條朋友圈，我說這大概是我本年度最開心的一天。

但我也記得，搬完最後一箱東西的我，最後一次站在那個門口，儘管嘴上說著「終於離開這裡了」，但內心仍然有著好多好多的不捨和感激。

我記得自己當時還跟公司的同事們開玩笑說：「我們應該像好多藝人臨別時，站在舞臺上要親吻地面一樣，親吻一下我們公司的地板。」

我們當然沒這麼做，但臨走之前我好認真好認真地跟這間屋子揮了揮手，我沒有跟它說再見，因為我知道，我們不會再見了。我會永遠記得這裡的所有房門都要朝內開，這裡的溫水總比常溫的好喝。我謝謝它，謝謝它成就了我的這幾年，謝謝它陪我經歷脆弱，謝謝它也曾聽見我喜悅的歡呼。

3

回憶起最初開公司的時候，其實是有點兒趕鴨子上架的，完全沒有準備好。我不知道要怎麼開公司，不知道開公司要做什麼，不知道長遠規劃是什麼，不知道要招多少人、要賺多少錢。

我不知道作為老闆我要面對的是多麼龐雜的事情，也不知道我將面臨多少質疑和困境，我甚至說不清楚每個崗位的崗位要求是什麼。我懷著對所有事情的全部未知，搬進了如今這個我即將離開的地方。當時好迷茫啊，但也總帶著些魯莽的不知天高地厚的自信。

誰的成長不是這樣呢，帶著些魯莽的不知天高地厚的自信，懷著似乎能跨越崇山峻嶺甚至視死如歸的決心，然後一路跌倒再一路舔舐傷口，一路脆弱地被現實搧著耳光，又一路倔強地咬牙堅持告訴自己「能行」。

幾年間，我和仇子言經歷了小團隊的擴張，從只有我們兩個人，到四五個人，十幾個人，幾十個人。中間來來走走，進進出出，我們遇見過騙子，經歷過不辭而別，我們看過冷眼聽過謊言，我們真切地感受過世態炎涼、人心叵測。我們白白付出過，我們有過損失慘重的時候，我們也曾和不靠譜的同齡人一起共事，我們陷入過巨大的迷惘和不知所措，我們有過要放棄的念頭和無數個走入死胡同的時刻，我們甚至也曾有過對彼此的不滿和質疑。

但，好在，我們還在。並且，我們正在用更好的姿態站在我們此刻的人生裡。

但，好在，相比那些苦澀的、難言的、不堪的，更多留在我心裡的是我曾經被給予過的溫暖和善念，是永遠不會被歲月洗刷掉的美好和對未來生活的宣言。

我曾在朋友圈裡發過一句話：

「謝謝困難的時候站在我身邊陪我解決問題的人。」

他們不是一定要在，他們沒有義務必須陪你，但他們在你身處險境的時候沒有猶豫。而這，是我能想像到的我的世界裡最大的真摯和浪漫。

我常常跟人分享我每個人生階段的心理感受，我是真的很感激我曾經陷入過的所有困境，我是真的覺得，我能走到此刻，大多都仰仗它們。

我不希望我是一個在我接下來的人生裡不必經歷苦難的人。

我不希望我開始變得安逸，變得不再擁有對抗甚至絕地反擊的力量。

我希望自己永遠燃燒，一刻不停地，無比旺盛地。

看過一句話：「好是更好的敵人。」

我希望我一直有敵人。

你得按照自己真正喜歡的方式度過一生，
你才能不負此生。

Story 8

願我們都能在彼此擁有的時候，傾盡所有

1

「倪安好，咱倆真的變得越來越好了。」

新辦公室的房間裡，有一棵白色的裝飾樹，上面掛滿了黃色的小燈，美好極了。

仇子言跟我說這句話的時候，大概已經是晚上十一點了，那天我們倆也沒在忙什麼，就在這房間裡坐到了很晚才肯離開。

我跟仇子言說：「咱倆這新鮮勁兒估計也就這兩天，頂多下週也就沒感覺了。」

「我不能，我喜歡這兒，能一直喜歡，就像我喜歡你似的。」

仇子言很少會這樣說話，如果是以前，我肯定會「罵」她噁心，但今天我沒破壞氣氛，哈哈哈。

2

現在的仇子言，已經從當年我身邊的一個文字創作者，變成了我公司的副總。給她升職的那天，我是比她還要高興的那個人。

我高興於我們每一步的成長，高興於我們帶給彼此的變化，高興於創業過程中的爭吵始終沒能將我們拆散，高興於我們給予彼此的理解和包容。

其實人生路上的所有夥伴，所有同行者都是這樣，我們並不知道命運會在什麼時候因為什麼事情讓我們分開，我們能做的事情不多，只能在彼此擁有的時候傾盡全力，好好珍惜。

我和仇子言就是這樣，我們倆曾經很認真地討論過這個問題，我們希望能一直一直陪伴彼此，但實際上，我們並不能保證些什麼。我們只能盡力而為，我們只能感恩於當下得到的，然後好好珍惜。即使有一天，我們不能再一起共事一起打拼一起搬去更大的新工作室，我們仍然無比真心地感激和祝福對方。

儘管，我知道，我們都那樣希望著能越來越好，能一直相伴。

3

從我開始醞釀這本書的時候，仇子言就一直在問我，她在我的故事裡叫什麼。

她總是在我耳朵旁邊念叨：「倪安好！你可得把我寫成一個招人喜歡的人。」

「你這太難為我了，我寫不出來。」

我總喜歡損她，我覺得「損她」是我最明顯的表達愛她的方式，哈哈哈。

仇子言，你確實是個招人喜歡的人。

我不需要在我的故事裡努力塑造你的形象，我寫你真實的樣子就好了。

仇子言是一個特別不怕別人比自己好的人，也是個願意成全別人變得更好的人。

這一點說起來簡單，但能做到的人，太少了。

一個願意成全別人的人，是一個在內心裡對自己充滿信心的人。

那種內心的乾淨和開闊，其實會反過來成全自己更多。

人，永遠不要吝嗇自己對他人的美言和善意，美好是應該被說出口的，是應該被更多地感知和接受的。即使你曾經被辜負，也請你別對這世界失望。

永遠不要吝嗇自己對他人的美言和善意，
美好是應該被說出口的。

我們不能改變世界，但越來越多人的越來越多善意，總能改變些什麼，你說呢？

仇子言還有一種骨子裡的真誠和善良，是任誰都奪不走的那種。

她很堅硬，不容易為外界所改變，也不輕易被誰動搖。

我喜歡她這一點，我喜歡她穩固的對於這個世界的感知。

她常常會在我遇到狀況的時候跟我說：「我們倆什麼事沒經歷過，大的小的，好的壞的，都一點點熬過來，現在也一樣啊，沒什麼大不了的，肯定會過的，咱們能行。」

以前我在書裡寫，人在脆弱時接受的安慰，其實不過是自己都非常清楚的道理，我說那些安撫其實沒什麼用。

但每當仇子言對我說這些的時候，我都能深刻地感受到這些話的力量，也是因為這是並肩向前的同行者說的，就覺得那些本來就知道的道理對當下的自己特別有用。

所以你說，人生中的同伴是什麼？

是陪你跨過大江大河，陪你翻山越嶺的人嗎？

不是的，不必那麼轟轟烈烈。

是無論順遂險阻，都能陪你一起過的人。

即使身在遠方，也都能在各自的天地裡努力生長。

希望我們能嬉皮笑臉地面對人生的難。

希望我們一直擁有不自量力的、向生活還手的勇氣。

聽她的聲音｜會上癮

願你想哭的時候，身邊都有人陪

Story 9

我會一直記得你，直到在另一個世界裡，再次找到你

1

小時候大人告訴我，逝去的親人會變成天上的星星，看著我們。

我一直以為那些都是騙人的，原來不是。

他們真的會在另一個地方，安靜地陪著我們。

我會一直記得你，直到在另一個世界，再次找到你。

我不能原諒你的離去，但我會永遠記住你的存在。

下次，我們相遇，換我，多愛你一些。

這世上會不會真的有一個通道，連接著這個世界和另外一個世界？讓那些逝去的人，有機會回來看看這個世界上的親人。讓那些生死兩隔的人，有一天能再次相遇。

死亡並不會讓記憶隨著時間擱淺，相反，它會越來越多地留在我心裡，儘管，後來的我，鮮少提起。

2

我高考完的那年夏天，外婆檢查出癌症，子宮附件癌，惡性，晚期。一種我從來沒聽過的病，但我知道，那很嚴重。

我大學是在老家上的，我沒有報任何一所外省的學校，就為了能留在家鄉，留在外婆身邊，能常常回家看她，陪她聊聊天，聽她跟我嘮叨嘮叨。

我和外婆的最後一次見面，是在她去世的前三天。

我從離家四十公里外的學校回家，那次我回去的時候，她只能在床上躺著，人已經坐不住了。我回去，她為了跟我說話，強忍著痛坐起身來。

我跟她靠著肩，那天她一直沒怎麼看我，就一直盯著窗外。

外婆喜歡吃草莓，那天，我餵了她好多顆，小小的，其實不太甜。

那次在家只待了一天，我就回學校了。

媽媽告訴我，我走後，外婆每天都念叨著要吃草莓。

其實媽媽後來買給外婆的，比我那天餵她吃的要大很多，就是那種上好的奶油草莓。但外婆一直說沒有那天我餵她的那幾顆甜。

3

我離開家三天後的早上，我突然接到媽媽的電話。

一通看起來好尋常的電話，我以為那不過是我媽又想起了什麼的叮囑。

「姍姍，你回來吧，姥姥想見你。」

我知道，那時候的外婆已經病得很嚴重了。

但我其實從來沒想過，她竟然要離開我了。

你們知道那種被通知去見一個人最後一面的心情嗎？

那是你們此生的最後一次相見。

而這一次你們說出口的「再見」就成了真正的「再見」。

原來，「再見」的意思是「再也不見」。

我還記得那天接到我媽電話的時候，學校正在安排體檢。

接到電話我就往回走，但我怎麼都沒想到，等我到家的時候，已經來不及了。

我天真地以為，這種來不及見親人最後一面的場景只會發生在電影電視劇裡，就算它發生在真實生活裡，也不會是我所經歷的人生。

我走近家裡院子的時候，好多人都在往我家走。

他們和我一樣，都是來和老太太告別的。

我和他們一樣，都在這一天，失去了一個人。

當我再見到她的時候，她太安靜了，一動不動的那種安靜。

那是我第一次看到一個人在我面前是那樣的。

躺在我眼前的這個人，不管我怎麼叫她，她都不肯再跟我說話了。我再拉她手的時候，我感受不到她的力量了，甚至連溫度都沒有了。

關於她，我剩下的，只有記憶了。

我不知道，我是該慶幸還是該遺憾。

姥姥去世的時候街坊鄰居前前後後來了三百多人，都來家裡為姥姥禱告。

我們的民族習慣裡，家裡有人去世，會買嶄新的毛巾備著，每一個來家裡慰問禱告的親朋好友，都會送一條毛巾表達感謝。

我們搬空了周圍批發市場裡的毛巾，都不夠給前來的人每人一條。能統計的數字裡，我們從附近的批發市場裡買走了三百多條毛巾。

那天家裡很擠，人來人往絡繹不絕，認識的、不認識的人在屋裡屋外穿梭，我木訥地和前來送別的人握手問好，感慨向來喜好安靜、不善交際的姥姥能有這麼多人來送別。

姥姥去世前最後一次和我走出門，是去家前面的市場裡買東西。碰到前面社區裡有人去世，姥姥還是堅持讓我扶著她走到人家家裡做禱告慰問。

那家人我們不認識，已經自顧不暇的姥姥卻還是要去。我問她為什麼一定要去，姥姥說人去世後，來為他送行禱告的人越多，他在這一世的罪過就能越多地得到救贖，進天堂的機會就越大。

姥姥一生善良，她希望好人都有好報，她希望善良的人死後都能進天堂。她說她希望等她去世後，也能有很多人來送她。

她沒有看見，來為她送行的人真的很多。她不知道，她這一輩子的善良淳樸一直被親朋好友們記得。她應該想不到，她的外孫女在她去世後一直在按她的樣子要求自己，要善良、要真誠、要內心坦蕩心懷感恩地度過每一天。

4

姥姥是四月分走的，三月的時候她還能正常吃飯，正常和大家聊天。那時候，她說她的老年機不好用了，想換個新的。

我記得特別清楚，為了給她換手機，我當時去麥當勞打工，一個月能掙四五百塊錢，我拿出一百五十塊給她換了個新的老年機。

她拿到新手機的那天，可高興了，表揚我說：「我姍姍出息了，都能賺錢給姥姥買東西了。」

那時候，我也開心啊，我覺得自己長大了，能回報了。

但現在，當我再回想起我送給姥姥的那部老年機的時候，我真的好遺憾。

前段時間，我換了新手機，把自己原來用的 iPhone 7 給我姥爺。

我把手機交給他的時候，特別難受。

為什麼，為什麼姥姥對我那麼好，我卻只能在她需要的時候給她一部只有一百五十塊錢的手機？為什麼現在的我甚至能給遠房親戚買各種好東西，卻沒能給我生命中最重要的人更好的生活？

原來，當你失去一個人之後，你最大的痛苦不是失去本身，而是，遺憾。

姥姥，我現在一個月能掙特別多的錢。我能給你買好多好多草莓，給你買最新款的手機，給你買好多件漂亮的花襯衫，帶你吃鎮上那家最好吃的西餐。

可你人呢，再也不回來了嗎？

我一直以為愛的反義詞是不愛，
直到現在我才明白，愛的反義詞是遺忘。

你們說，是不是在每個人平凡的一生中，總會有著些許的遺憾和些許的不圓滿。

如果我們能在那些陰錯陽差的得失間慢慢了悟人生，是不是我們就可以在未來的歲月裡少經歷些痛失所愛和抱憾終生。是不是我們人生中所有的閃光時刻，都意味著我們必將迎來些晦暗和沉重。

如果是的，那我可不可以用少一些的光芒換多一些因為被愛著而擁有的光亮。

5

姥姥葬禮的那天，最難過的是她的丈夫。

在我們民族的觀念裡，丈夫是不能出現在妻子葬禮最重要的位置的，因為從妻子離開人世的那一刻開始，他們倆就是沒有任何社會關係的人了。丈夫和妻子本來就沒有血緣關係，一方的去世，就意味著兩個人的人生不再有任何關聯。

在葬禮上，離姥姥最近的是她的兒女們，丈夫只能遠遠地看著。我沒問過姥爺的心情，但我想像得到那種感受。

從前在我眼裡，我沒覺得姥姥和姥爺有多相愛。

姥姥還活著的時候，他們倆就總吵架，我總能聽見姥爺嫌棄她，說她不是賢內助。

我幾乎沒見過他們倆牽著手夫妻和睦的畫面，姥爺性格風風火火，熱烈奔放；姥姥溫和慢熱，做什麼都不緊不慢的，也不願交際，朋友不多。

姥姥走了以後，我從來沒跟姥爺聊過，我也沒問過他傷心不傷心、想念不想念。

但他總是念叨她，嘴裡一直掛著，也不是說給誰聽的，就是自己念念叨叨。

「你以前做飯是真不好吃啊。」

「你看，這家裡亂的，你啊，一輩子都不會收拾家。」

「你說你也不出去社交一下，一輩子也沒幾個朋友。」

「什麼事你都磨磨嘰嘰、慢慢悠悠，我這一輩子真是讓你這慢性子急死。」

姥爺還是在抱怨他先走一步的老婆子。

原來，這就是他想念她的方式，這就是他這輩子愛她的方式。
原來，愛不愛不是別人隨意就能看出的，愛是內斂而綿長的表達。
原來，對一個人的愛是有慣性的，即使人不在了，慣性也依舊會在。

我還記得，那時候姥姥在醫院接受化療。
姥爺每天都要堅持早起熬大米粥，然後親自送到醫院。
誰替他去陪床，他都不讓，他做不到任何一天不去看她。

所以你說，愛到底是什麼呢？
嗯，你覺得是什麼，那就是什麼吧。

6

———

姥姥生前一直放心不下媽媽。

我媽是一個特別沒心沒肺的人，直到姥姥走之前，都是一個要每天被叫醒才會不緊不慢起床的人。

姥姥走後，媽媽每天不用鬧鐘就自己起來了。

媽媽沒有媽媽了，沒人再會像照顧小孩子一樣照顧她了。

我呢，以後也會這樣嗎？會失去媽媽嗎？

以前，每年端午節的時候，媽媽和姥姥兩個人都會在家裡做涼糕。媽媽的媽媽不在了，以後，媽媽還敢再做嗎？

曾經聽人說，九十歲的媽媽和七十歲的孩子，媽媽在，不管你多大，你都是個孩子，但她走了，你就不是了。

姥姥還在的時候，因為她神經衰弱，而姥爺呼嚕打得厲害，所以姥姥常年跟我和我媽睡在一個房間，她睡單人床，我和我媽睡雙人床。

姥姥生病之前，我一直想把家裡重新裝修一下，把兩張床換成一張超大的可以睡下三個人的榻榻米，這樣我、媽媽、姥姥，我們三個人就可以睡在一起了。

家人覺得太麻煩，就一直沒提上日程。再後來，姥姥就查出了癌症，而且病情越來越重，也就裝不成了。

所以，姥姥就去世在她的那張小小的單人床上。

現在，姥姥走了四年了，房間裡終於有了能夠睡下我、媽媽、姥姥的三人床了。

姥姥走了嗎？姥姥還在。

這套房子是我的名字，但我跟自己發誓，無論多年後的我面臨多麼窘迫的境況，我都不會賣掉它，因為那裡面，永遠裝著這一家人的此生此世。

姥姥已經離開了四年，但我在這四年間，卻重複了無數次我和她生活在一起的二十年。

我做過一個夢，一個有姥姥在的夢。

夢裡我們一家人一起走在昏暗的街上，走著走著，她就走遠了，然後越走越遠越走越遠，我就看著她坐著遠處的電梯進了雲霧裡。

直到今天，我都是全家唯一一個夢見過她的人。

我也不知道，是夢到代表更想念，還是沒夢到才是。

我不知道，是夢到代表更想念，

還是沒夢到才是。

但，關於我夢見過姥姥這件事，我沒有對任何家人說過。深切的痛苦是不能也不該被分享的。

就像在每年的四月十五日姥姥忌日的那天，我們全家人都會心照不宣地彼此毫無聯絡，直到第二天，再回到一切如常的生活。

今年她忌日那天，其實我是忙忘了的，但就莫名其妙地，下班的時候我在路邊買了一盒草莓，特別大特別新鮮，回家之後，我就站在廚房裡洗草莓，突然之間我意識到是她的忌日。那種感覺就好像我什麼都沒做，卻又在冥冥之中做了一件好重要的事情。

那天的草莓很甜，我替她吃了。

7

我此生看到姥姥的最後一眼，是在黃土將她的軀體一層層覆蓋的時候。

在那之前，我從來都沒想過，我會在我二十歲的人生裡經歷生死和至愛的離開。

我的人生才慢慢開始，我還會經歷很多美好的事情，我會遇見一個人，穿上最漂亮的婚紗，和他共度餘生，她看不到了；我會經歷十月懷胎，從一個女孩兒變成媽媽，像她養育我媽媽一樣去養育我的孩子，她也沒法知道了；我會逐漸老去，眼角有了皺紋，走路日趨緩慢，像她一樣，拿著籃子去買菜，戴著老花鏡給我的孫兒們縫衣服，站在路口等餓著肚子放學回家吃飯的孩子。

我有那麼多想要和她分享的事情，我有那麼多想要帶她去的地方，當我發現我哪一個都實現不了的時候，我才深刻地體會到她的死亡對我的打擊。

我會一直記得她，二十歲，三十歲，四十歲……直到我逐漸老去，直到我也像當年的她一樣，閉上眼睛離開。然後，去和她團聚。

我會一直愛著她，無論她在哪裡。

沒有經歷過親人離去的人可能會覺得，親人不在了這件事對當下和未來來說是「過去式」，但只有當你真正經歷過那種骨肉之間的分離，你才會在恍然間明白，離去，對留在這世上的人來說，永遠是「正在進行式」。那種對於遙遠世界裡的人的想念，是不會隨著時間的推移而衰減的，它會一直一直留在你心裡。少的是難過，不是思念。

第一次，當你的心跳停止，你在生物學上被宣告了死亡。

第二次，當你下葬，人們穿著黑衣出席你的葬禮，他們宣告，你在這個社會上不復存在，你從人際關係網裡消失。

第三次，是這個世界上最後一個記得你的人，把你忘記，你就真正地死去，整個宇宙將不再和你有關。

我在某部電影裡看到過一句話：「家人是比夢想更重要的事情。」

是的，如果你看到了這裡，我希望你也能有跟我一樣的肯定。

家人，是比夢想更重要的事情。

姥姥生前跟我說的最後一句話是：「姍姍，你要堅強。」

我不知道她為什麼要跟我說這句話，是因為那時的她已經知道自己要走了嗎？

嗯，現在，我很好，我會好好吃飯，我也不熬夜了，總是按時睡覺，鬧鐘響了我就起床。我冬天會記得穿秋衣秋褲，夏天會在空調房裡披上外套，我新認識了很多朋友，我還沒有談戀愛，我始終都沒遇到自己真正喜歡的人。但你放心啊，會有的，我相信自己會找到一個對我很好的人。嗯，我依然在好好地長大，就像那些年你還在我身邊那樣。

只是，都怪你，我再也不敢接在深夜或者清晨打來的電話了。

我好怕一通電話又將帶走些什麼。

我一直以為愛的反義詞是不愛，直到現在我才明白，愛的反義詞是遺忘。

我不會忘了你，因為我一直愛著你。

8

這不是我的故事，是仇子言的。

她說她希望我把這個故事寫下來，寫給會翻開這本書的每一個人。希望我們的愛永遠來得及，希望她的失去能讓你感受到意義。

寫完這篇文章的時候，眼睛好酸好累。我知道我的內心應該是大哭了一場的，但此刻我卻無比平靜。

寫這位老人的時候，我有好多好多次眼淚就快要流出來的瞬間，但我沒有真的讓它流下來，雖然在過去的幾個小時裡，我是在酸楚、自責、懺悔、遺憾、焦慮甚至恐懼中，將它完成。

故事是仇子言的，但也是你的、我的、我們的。

因為，這將是我們每一個人，都將經歷的真實的人生。

我只祈願，這樣的故事，總是遲到。

我不會忘了你，
因為我一直愛著你。

Story 10

所有的堅強，都是被生活重創後不得已的成長

1

仇子言跟我說前面這個故事的時候，我腦袋裡一直都是我爸媽的臉。

我跟仇子言說，我常常會有一些特別不好的幻想，不知道看到什麼畫面，然後就會突然想到，萬一有一天我媽媽或者爸爸不在了，我該如何面對。

我問仇子言我這樣是不是很奇怪。

仇子言說，她也會這樣。

原來在害怕失去這件事上，每個人都一樣。

我們都怕痛失所愛，我們都怕往昔的美好不再重來，我們都怕分別，無論那是暫

別還是永別。原來人心本來就是脆弱不堪的，所有的堅強都是經歷過生活重創後不得已的成長。

我始終無法想像和接受在未來的某一天我也會和其他失去父母的人一樣，成為不再有爸媽的孩子。我遇到巨大的挫折打擊的時候該怎麼辦，我在感情裡受傷了怎麼辦，我不被理解不被相信的時候怎麼辦，當這個世界上我最信任和依賴的人不再能陪伴我的時候，我要如何一個人去面對我的人生和我的未來。

真可惜，我在這件事情上是一個好悲觀好脆弱的人。我不認為我在那樣的時刻裡還會擁有打不死的堅強。每次想到那樣的畫面，無論我在哪兒，我總能流出眼淚來。

也時常覺得自己很可笑，明明生活明媚美好，怎麼會突然患得患失害怕迎來命運的噩耗。

可是，就算我再害怕再膽怯再不願面對，我也深知，我終將經歷這些。

我能做的，就是在我們都有限的還能共同相處的生活裡，讓他們擁有更多的幸福和快樂，讓他們無憂無慮，讓他們不必為了什麼而抱憾終生。

我害怕我像仇子言一樣來不及報答，我怕自己終於在得到了好多東西之後，卻無法償還。所以，我在努力做一個能盡最大的可能對他們好的人。

2

我在大連最好的地段，花了幾百萬給我爸爸媽媽買了一套將近兩百平方米的房子，面朝大海春暖花開的那種，又拿出一百萬給他們裝修。我媽審美很好，所以把新房裝修得像樣板屋一樣。

我媽總是跟我念叨我為他們花了太多錢了，我媽總說要把錢給我，說不能給孩子增添負擔，說我賺錢不容易，說我對他們實在太好了。

怎麼會呢，媽媽？也許我給你們花的錢比過去你們花在我身上的還要多，但如果沒有你們的培養沒有你們毫無保留的愛，我又怎麼能擁有我現在正在經歷的一切？

而我身上所擁有的最有價值的東西，就是我的父母把我教育成了一個內心正直善良、懂得真誠待人也知道感恩一切的人。我在我的生命裡無數次地感受到做一個好人，一個寬宏大度、有胸懷有氣魄的人所帶給我的巨大的快樂。而所有的這一切都不是我能用金錢償還的。我生命中極大的快樂就源於我的父母因為有我這樣的孩子而體會到的滿足和欣慰。

我還記得以前我們住的房子，到了冬天供暖特別差，爸爸有關節炎，一到冬天就冷得要命，嚴重的時候晚上睡覺都要媽媽幫他翻身才行。家裡的空調啊，電暖器啊，小太陽啊，他也都不捨得開，就為了省那一丁點兒電費。有時候會聽到我爸自己嘀咕，說希望以後能住進一個不冷的房子。

我媽呢，一輩子愛美，衣服多，結婚前還是個大姑娘時的裙子啊襯衫的也都還留著。以前在舊房子裡的時候衣服多得沒地方放，每次看電視劇裡女主人有大大的衣帽間就很羨慕。她也不說，可我知道。

現在，我媽的衣帽間能裝下好多衣服鞋子，我爸大冬天的竟然在家裡也只穿短褲背心了。

今年過年的時候回家，外面下大雪，我問我爸家裡冷不冷。我爸跟我說：「哎呀！這麼好的房子哪兒還冷！我都熱死了，在家呼呼冒汗。」

媽媽愛乾淨，爸爸愛喝茶。

媽媽因為早年間操勞過度，有累積的很深的腰傷，但就是喜歡收拾家，也不願意請阿姨來打掃。我就買了掃地機器人、吸塵器、全自動拖布等各種先進的小玩意兒給她。有一天我跟她視頻，我看著她樂呵呵地指揮著掃地機器人打掃，她說現在幹活兒也不累了，腰也不酸背也不疼。

爸爸喜歡喝茶，茶具茶葉那一套他都研究得特別在行。每次我看到好茶葉，我就買給他，有些他也不喝，就擺著收藏。前幾天跟我媽聊天的時候她跟我說，爸爸和他的朋友們就像孩子小時候鬥玩具似的鬥茶葉，然後我爸就跟朋友們說都是他女兒給他買的。他不是炫耀，就是發自內心地因為有女兒寵他而感到開心。

每次回家的時候，我就生拉硬拽著他們倆陪我逛街，說是陪我，但我每次都不買什麼，給他們買。喜歡什麼我就給他們買什麼，他們怕我花錢，有時候喜歡也裝不喜歡，我就偷偷跑回去買給他們。

我們好像都是這樣，把自己好多的浪漫和小心思都用在愛人身上，卻鮮少會把那樣的細膩給我們的父母，其實，他們也好享受這樣的用心。哪怕我們把給另一半的，分出一點點給他們，他們的生活都會多出好多的感動。

我們要好好寵愛自己的父母，不是對他們好那麼簡單，而是要寵愛，就像當年他們寵愛我們那樣。

人的這一生啊，從小Baby（嬰兒）到小孩子，慢慢長大成人，再漸漸老去。老去的過程其實不是老去，是再一次變回小孩子變回小Baby的過程。

從什麼都不懂，到什麼都懂了。

再到，聽不懂了、看不見了、吃不了了、學不會了。

耐心、時間、陪伴，是我們能給他們的最好的東西。

告訴他們你對他們的愛，讓他們感受到你對他們的愛，真的是一件特別特別重要的事情。

3

總是有人問我，努力賺錢拼命工作起早貪黑的意義是什麼？

我上面說的這些，就是意義啊。

我們的父母家人，就是意義啊。

我好開心，我終於有能力為他們付出些什麼。

我看到他們高興，比我自己去到哪個國家看到多了不起的風景，比我買了個多麼昂貴好看的包包，都有價值好多好多的事情，那是我人生中並不多見的感動和喜悅。

偶爾也聽過身邊人講些婆媳之間的事。

我特別不理解那些管著老公給他自己媽媽花錢的女人，好像這個男人所有的錢都要花在自己身上才是正直的、沒有私心雜念的。

我不認為一個連自己媽媽都不孝順的男人，一個對自己父母親都不好的男人，是可以對一個跟自己沒有任何血緣關係的女人好的，即使好，我也不相信那種好是會長久的。

我是一個現在把自己養活得很好的人，我靠著自己的努力也感恩上天的眷顧，擁有了不錯的經濟能力，我可以給自己想要的，也可以及時回報每一個我愛的人。

也許未來的我會更有錢，也許不。

但無論我銀行卡裡的錢有多少，我都始終會把我的錢分享給對我來說很重要的人。因為相比於錢帶給我的開心，重要的人因此得到了滿足才是我最大的成就所在。

我的父母一直在努力地生活，在積極追求和實現他們的社會價值。他們的生理年齡在逐漸老去，但他們的社會年齡卻一如從前般年輕。

他們常說，希望自己一直是有用的人，對社會有用的人，對家庭有用的人，對自己的孩子有用的人。希望我在有困難的時候能依舊看得起他們，依舊願意找他們尋求幫助，並且他們能夠一直有能力給我我需要的支撐。

我無比慶幸我生長在這樣的家庭，擁有這樣的父母，成為他們的孩子。

而我也希望，等到有一天，我也成了哪個小丫頭或者臭小子的媽媽，他或她也能因為有我而感到幸運甚至驕傲。

以前，我經常抬起媽媽的右手，看她的生命線有多長，然後跟她說：「你還能活好久好久呢，你看你的生命線都到手腕了。」再抬起手看看自己的，沒有媽媽的長，就嘀咕著說：「媽媽，你可得好好活著，咱倆差二十四歲，等你一百二十歲的時候，我九十六歲，咱倆牙都掉光了，但咱倆還是手把手。」

「那我不成老妖精了！」

「那咱倆都是老妖精。」

我也忘了是去年還是前年，我花了幾十萬，帶他們去臺灣做了一個人體自身免疫細胞的儲存專案，萬一得了癌症可以用已經存儲起來的年輕健康的自體免疫細胞抵抗癌細胞。具體專業的說法我也不懂，大概就是這樣的意思。

我總是跟他們說：「你們可得把自己的身體養好了，我可不想以後把錢都花在給你們看病上。而且你倆沒事多鬥鬥嘴打打仗，你們以後萬一老年癡呆了，我不管你們啊！」

話是這麼說，就是希望他們真的能好好愛惜身體，千萬別被病痛折磨。

我最大的願望是，我們能一起老去，媽媽能看著我長出一頭白頭髮，看著我堆著一臉的包子褶，看著我彎著腰提著菜籃子，看著我竟然也有了孫子孫女，再拿出幾十年的舊相冊翻出我百天的、周歲的、上學的、畢業的、結婚的、產房裡的照片給我看。

我最大的願望是，等我活到八九十歲的時候，我依然可以回家，家裡依然有媽媽。那時候她可能已經不能給我做紅燒排骨、可樂雞翅，不能給我包三鮮餡的餃子和雲豆餡的包子了，但我能帶著老公孩子回家，陪她嗑瓜子兒，陪她看電視。

我最大的願望是，爸爸擺弄著他的茶壺茶碗茶罐茶葉，穿著背心短褲莳弄著他的花花草草，坐在電視機前跟我念叨著那些國內外政局最新發生的事情，跟我碎碎念歷史上的今天都發生了什麼，跟我抱怨我媽今天又讓他幹了哪些活兒又衝他發了多少脾氣。他喝著他的小酒，就著他的花生米小黃瓜，跟我說「幸福啊，現在幸福啊」。

我最大的願望是，我的爸爸媽媽能在無憂的快樂中慢慢老去，慢慢變回孩子，他們想吃的零食我都買得起，他們想去的國家我都有能力帶著他們去，而他們的身體依舊健康，心情總是開朗。

我最大的願望是，晚年的爸媽能做回開心的孩子。

而我，一直有家可回，有爸媽可叫。

我最大最大最大最大的願望是，他們永遠年輕，永遠風流倜儻永遠美麗大方，永遠健壯也永遠充滿力量，永遠不被歲月打倒，永遠在時光面前無比頑強，永遠永遠不會老去，永遠永遠不必面對死亡。

但當我寫完這段話，當我打下這麼多的願望和永遠，我知道，我的願望，我最大最大最大最大的願望，它永遠都無法實現。

我買了明天的飛機票。

明天回家，吃紅燒排骨。

喝著茶，看著海。

身邊，是爸媽。

聽她的聲音｜會上癮

有些人，遇見就是為了告別

Story 11

從此各自遠揚，才對得起相愛一場

想成為那種即使死了，也永遠活著的人。

1

Mango是一個我沒有辦法特別喜歡一個人的女生。在她的人生排序裡，排在第一位的是自己，然後是家人、孩子，最後是愛人。她第一次告訴我這個排位的時候，我還挺吃驚的。

我問她：「你是因為現在還沒遇到過特別深愛的人，所以才說覺得自己沒辦法很喜歡一個人嗎？」我以為答案是肯定的。

「不是，我遇到過。只是，我就不是一個會好愛好愛別人勝過愛我自己的人。我不能想像我為什麼要對另外一個沒有血緣關係的人那麼好，為他付出那麼多。在我的人生裡，我自己才是最重要的，不是嗎？」

嗯……這話好像也真的沒什麼毛病。像我這種永遠愛別人比愛自己多的人，真的好難體會Mango世界裡的那種「自我的快樂」。

「其實，安好，我也是真的特別羨慕那種能夠願意為了愛情付出全部，甚至放棄一切的人。」

2——

Mango曾經有一場一年的戀愛，對方是軍人，Mango喜歡當兵的男人。

分手是Mango提的。

男方想結婚，然後帶著Mango回東北發展，Mango不願意為了愛情放棄自己所在城市和擁有的生活。Mango感到很奇怪：「為什麼我們倆結婚，就要回你生長的地方，而不是我的，為什麼我要為了你丟下我自己的？」

「那你們就這麼分手了？」我問她。

「對，我跟他說完之後，就刪掉了他所有的聯繫方式。」

「這麼決絕？他又沒做什麼對不起你的事情，就算不能結婚也還可以是普通朋友吧。」我沒見過分手分得這麼乾脆的姑娘。

「留著聯繫方式，就意味著還有機會聯繫，不能繼續相愛的兩個人，那他們的關係就沒有了存在的必要。」

因為知道走不遠，那不如，就別再走了。

這世界上真正的分手應該是不留後路的那種。

你愛過我的明朗大方，我愛過你的溫潤純良。

但從我們決定不再繼續相愛的那一刻開始，我們最初選擇的關於你我的聯結就有了終止。從此各自遠揚，才最對得起相愛一場。

在 Mango 的世界裡，自己是比一切都重要的存在。

「我是一個從來不會主動道歉的人，就算我知道錯的是我，我也不會。跟家人和朋友會，但我不願為了愛情這樣做。愛情，值得我這樣做嗎？」

「哈，安好，你是不是覺得我這樣太自私了。」

「嗯。」

不主動道歉的人，最後往往是傷得更深的人。
這樣的人，內心太堅硬了，堅硬到好像百毒不侵。
但其實，也總要為這樣的「不可動搖」買單。

原來，也會有人這樣自私地愛著。
這樣的人值得擁有愛情嗎？這樣的人會擁有美好的愛情嗎？
我不知道。
但我好佩服 Mango 的坦率。

Mango 告訴我，無論她跟誰在一起，在愛情裡她始終不會做的一件事情是：讓對方覺得自己愛他比他愛自己多。
「Mango，你真是個特別的人，或者說，你是個怪人。」
我很直接，但我知道她不會介意我這樣的直接。
「讓他覺得，你看，我沒有像你喜歡我那樣喜歡你，所以你應該更努力地喜歡我再多一點才對。這樣，我才能被愛得更多吧。」

其實，Mango 是個特別好的姑娘，我很喜歡她。
但，她面對愛情的樣子，我不喜歡。
但那又怎樣呢，她自己快樂，才最重要。

人生中的很多時候，別人覺得你對不對，別人認為你好不好，都無所謂。重要的是，你喜歡那樣的自己嗎？你為那樣的自己感到驕傲嗎？
別人的眼光別人的議論，那都是別人的。
你的人生，才是你的。
你得按照自己真正喜歡的方式度過一生，你才能不負此生。
生而為人，在取悅別人之前，你總要先取悅了自己，不是嗎？

3

「有一天，我接到一個陌生號碼的來電。
是他。從分手以後，我們真的就再也沒有聯繫過。那通電話好奇怪啊，他問了我一連串問題，我就嗯嗯呀呀地回答，等我回答完之後，他就說還有別的事，就把電話掛了。」

「他問你什麼？」我側頭看著Mango。

「他問我，現在是不是自己一個人住，問我住得離上班的地方遠不遠，問我和朋友們相處得怎麼樣，問我現在每個月的工資夠不夠日常開銷。

我覺得莫名其妙，幹嘛問我這麼多。我發資訊給共同的朋友，原來，他就要結婚了。」

那通電話，就像一個完整的告別式，是兩個人真正的再見。

那是我們之間的最後一次關心問候，那是我最後一次從你那裡瞭解現在的你。

也許只有這樣，我才能真正地安心。

「那你問他什麼了嗎？」

「我沒問，我要說的早在分手那天都說完了。」

真是個絕情的姑娘。但，我很羨慕她的不矯情。

「你父母催你結婚嗎？」

「不催，他們不管我，我爸我媽屬於放任我自己自由生長那種，他們在很早的時候就告訴我，我自己的人生必須靠自己選擇，我要哪種活法，我要從事什麼職業，我要留在哪裡生活，都交給我自己選擇，但我必須對那個結果負責。」

「真好。」

我是真的覺得這樣的觀念很棒。

太多父母把自己孩子的人生當成他們自己的在過，他們人生中的遺憾拼命地留給自己的兒孫去彌補。不應該是這樣的，孩子只是借由媽媽的身體來到這個世界上，當初你們因為愛情決定把他帶到這個世界上的時候是沒有跟這個孩子商量的，那既然孩子已經是你們自私的產物，那為什麼還要用他的生命去成全你們的人生？

以前，我媽媽總跟我說她吃過的苦不希望我再吃，她跌過的跤不想讓我再跌，她花了幾十年的時間才體悟到的人生經驗和道理希望一夜之間就能讓我明白些什麼，好讓我少走些彎路，多些順遂。

我承認，他們都是為了孩子好，他們都是愛子心切。

但如果是我，等我有了孩子，我不會這樣教育我的孩子。

我會告訴他做人的道理，我會希望他品行端正、純樸善良。但我並不會阻攔他去經歷些不好的事情，我並不希望他用我的人生經驗去過他的人生。我們怎麼知道，孩子自己感悟出的人生不會比我們的更好？

我向來不認同孩子是父母生命延續的說法，孩子不是父母親生命的延續，孩子的生命是孩子的。

4 ——

「我害怕結婚，不是因為我怕離婚，而是怕離不了婚。」

這句話，是我那天跟 Mango 聊天過程裡，讓我印象最深的。我聽好多人說著對婚姻的恐懼，但他們恐懼的是什麼，這是我聽到過的最精準的回答。

Mango 跟我形容了一個在旁觀者眼中的畫面。

「安好，你想一下，你和一個人談戀愛，你們倆只要沒結婚，那你們在旁人的眼中都還是兩個人，兩個獨立的人。可一旦你們結婚，就算之後你們有可能會離婚，但在別人眼裡你們就變成了一家人，因為也不會有人看著你們結婚就想著你們離婚。所以談戀愛和走進婚姻，是兩件完全不同概念的事情，你們變得要去承擔對方人生和家庭裡的所有東西。

所以，我恐婚，不想結婚。讓我戀愛，同居，買房買車，甚至生個孩子，都可以。但我就是不想結婚。我不怕有一天我們會像戀愛的人分手了一樣地分開，我怕的是我想分開了，卻因為這樣那樣錯綜複雜的關係顧慮、猶豫，分不開。儘管我知道我一定會遇到這些狀況，但我不想過那樣的人生。」

我問 Mango 想找一個什麼樣的人。

Mango 說她想找一個能理解並認同她這些「奇葩」想法的人。

Mango 說，她喜歡不切實際的人。

見多了女孩兒的現實、物質、愛慕虛榮，第一次知道竟會有人喜歡「不切實際」的人。

「有一次，家裡親戚給我介紹了一個相親對象。我不排斥相親，就去了。結果第一次見面，對方上來就跟我聊買房買車存款，我就覺得特別討厭，你幹嘛要跟我聊這些啊，這跟我有關係嗎？要談戀愛就好好談戀愛，為什麼要跟我聊些那麼實際的東西？」

「哈哈哈哈哈哈哈，現在相親不都是這樣嗎，各種背景調查，你還不喜歡。如果不聊這些女生一般就會覺得這男的不靠譜，肯定條件不怎麼樣，你倒好，人家當時估計也一臉懵。」

你說 Mango 想談的到底是一場什麼樣的戀愛？

一場永遠不必走進現實的戀愛。

「問你一個大一點兒的問題啊，Mango。你想成為一個什麼樣的人？」

「我怕我說了你覺得我虛偽。我想做一個死了以後能被人記住的人，就像金庸那樣，即使不在了，也永遠活著的人。」

人生難得圓滿，但也終將圓滿

1

我一直相信真愛一生只有一次。

我一直相信愛的時機比愛的人是誰，可能還更重要一些。

如果時間可以重來，我們可不可以讓你我之間的緣分再晚來一些？

如果時間可以重來，我們的結果是不是就會有所不同？

如果時間可以重來，那我們是不是可以結婚生子、和睦團圓？

可惜，人生沒有如果，往事無法重來。

如果你我注定天各一方，那我祝你在你的時空裡自由無畏、喜樂順遂。

「很遺憾，你是我三十歲卻依舊錯過的人。」

這是十一在告別的那晚寫下的話。

時間一過就是兩年，過去的舊人也有了自己新的人生。

前幾天，十一在朋友圈裡刷到L妻子的孕照。十一愣了一下發給朋友：「唉，你看人家，老婆都快生孩子了，我連物件都還沒有呢。」

十一和L分手之後，談過一次戀愛，但沒多久就分開了。

也許真的是日有所思，夜有所夢。

看到孕照的那天晚上，睡覺的時候，十一就夢到了自己和L見面，夢裡見面第一句話就是和L解釋這麼多年她一直留短髮，是因為當初L說的那句「你短髮的樣子真好看」。

十一這些年一直留著短髮，一直到現在。

每次只要稍微長長了一點點，她都會馬上去剪掉。

你說，過去的那個人他已經不在你現在的生活裡了，可為什麼他卻還在影響著你的生活？

我會帶著你留給我的痕跡行走，直到終於有一天，我再次走進別人的山河。

那天從夢裡醒來後的十一，躺在床上發呆，突然就哭了。

原來，她還是會因為一張看似跟自己無關的照片，瞬間就被拉回到好多年前。

忘記談何容易，不是所有的人都有徹底釋懷的勇氣。

如果忘記太難，那只願我們都能在仍然懷念的日子裡，坦蕩心安。

那天，上午九點，十一約了客戶見面，起床化妝塗了新買的口紅出門，路上問代購喜歡的那款包包什麼時候才能買到，看著車窗上逐漸清晰且成熟的臉，十一不知道自己這些年是更好了還是徹底失去了。

這真是句傷感的話。

我究竟是變得更好了，還是徹底失去了？

在從此不再有你的日子裡。

在人生的天平上，人究竟要如何衡量得失對錯？
一剎那的選擇，是不是面臨的就是截然不同的人生？
如果可以重新開始，你還會選擇愛這個人嗎？
如果可以重新選擇，你想與其在過去的哪一個時刻裡重新開始？

十一說，如果我知道我只能往前走不能回頭，我當初寧願不遠走，要是幾年前我不追求虛無縹緲的理想抱負，只爭取實實在在的幸福，此刻的人生會不會不同？

我們最終用赤裸裸的疼痛和錯過來給自己的人生上了一課，不再把存在當理所當然，不再把重逢掛在嘴邊，不再狂妄地相信還會遇見更好的。

2

更好的人一定存在。
只可惜，我再也沒有像愛你那樣，愛過任何人。

十一考研究所那年，L發微信問她：「一定要去北京嗎？」

十一想了想回答L說：「嗯，要去。」

那年，十一忐忑地等一個所謂指向更好未來的通行證，L則在家裡的安排下和相親的女孩兒開始約會。

誰又知道誰比誰更幸福呢。

我們漫長的人生本來就是一個選擇接著一個的選擇疊加的結果。

十一是真的得到了，她有更快的成長速度，對自己有了更高的自我要求，也終於有了更殷實的物質條件。可她也是真的徹徹底底地失去了，失去了她想起來永遠都會遺憾後悔的人，失去了簡單平凡卻又實實在在的幸福。

所以你說，她究竟是得到了，還是失去了？

我不知道，你知道嗎？

以前十一總覺得她和L心有靈犀，L想的事情她總能知道，想碰到L她就總能碰見。直到十一說她做夢夢到L之後的那個白天，一年未聯繫的L竟然突然出現和她聊天，十一說她不知道自己是該哭還是該笑。

直到她聽L說了一句：

「預產期是下個月，和你一個星座，男孩兒女孩兒無所謂，健健康康就好。」

直到聽到L在微信裡說完這句話，十一才如夢初醒。

她再也繃不住，那天，十一一個人在地鐵上掉眼淚，她站著哭，沒座位。

她突然想明白了，其實十年也只不過是一剎那。

那個當年只屬於她、為她哭為她笑為她許下一片天的男人，

現在終究成了別人的丈夫和爸爸。

那個孕肚裡的小寶寶，將來也會長大，他也要開始教他戀愛，教他成家。

「看到照片的那一刻，聽到他說那句話的那一刻，我突然無比清醒地意識到，原來我們真的再也沒有一丁點兒關係了，我們的所有交集和故事都已經完完全全徹徹底底地留在過去了。他和它們都將被我完整地保留在過去的那個時空裡，也留在我們遙遠的記憶中。他還記得我的星座，這也算是他留給我最後的善意和美好了吧，我很開心。」

十一說著，就像真的釋懷了一樣。

但其實，真的放下了嗎？

我不知道，只有十一自己清楚。

後來，十一連問候都是試探的語氣，不想因為自己哪句話打破一個家庭平靜的幸福。於是，再也不說，不再聯繫。

十一哭完之後頓了頓，給L回覆消息說：「真好，恭喜你們，替你開心。」

他們，終究還是錯過了。

不，我不願意稱它為錯過。

他們都沒錯，只是，來了，又輕輕走過。

3

楊子在北京工作三年了，今年搬進了自己租的兩室一廳，結束了和別人合租的生活。他給我發微信說自己又激動又開心，感覺在這座城市終於有了一點歸屬感。

我一邊替他感到高興，一邊想起去年我們旅行，他在飛機上和我分享的他和前任的故事。

楊子大學畢業到成都工作，女友回了家鄉，楊子讓女友等他幾年，稍微做出一點成績再結婚，女友卻想馬上結婚，楊子沒答應，打算留在成都繼續發展。而且楊子的父母自始至終都不同意兩個人在一起，楊子總是說：「等我以後慢慢勸我媽，你再給我點兒時間，她能同意。」

姑娘終於絕望了，等不起了。

等不起楊子有所成就的幾年，等不起楊子母親遲遲不來的接受。

就這樣，兩個人終於還是分手了。

去年姑娘結婚了，楊子對我說：

「如果能回到畢業那年，我一定選擇立刻回家和她生小孩兒，工作哪裡都有，錯過的人卻再也遇不到了。」

你看，那些會改變我們人生選擇的道理，我們好像總是很晚才懂得。那個從前就覺得也沒那麼重要的人，總是等到時隔多年才發覺當初應該好好珍惜。

其實，那些年歲裡的人事物，一直都很珍貴。

只是，那時候的我們，並不這樣認為。

好在，人世間總有輪回。

好在，遺憾的總會在未來得到償還。

我們要的，不過是最後的圓滿。

楊子說他知道前任結婚，彷彿經歷了一場二次失戀。

區別是，第一次分手是主動放棄，第二次他是被拋棄的一方。

他沒有選擇，只能接受。

他再後悔，也只能目送對方，嫁做人妻，為人婦，為人母。

聽故事的時候，我安慰他：「沒關係，楊子，你以後會遇到更好的。」

現在，再想起自己當初在飛機上安慰他的話，只覺得可笑又不痛不癢。

「你會遇見更好的。」

這句話我們常跟別人說，也常常聽別人這樣對我們說。

可是，更好的人究竟是什麼人，怎樣才稱得上是更好的？

更好的，不意味著更愛。

你會遇到更高更帥更漂亮、更有錢更見過世面更有眼界胸懷也更懂你的人，但那並不意味著你仍然能拿出當年那樣，不管不顧可以放下一切只為一個人的勇氣去愛更好的下一個人。

愛這件事，向來都是越長大越稀有。以前負氣分手丟下一句「沒了你，我還會遇見更好的」，直到多年以後才明白，那不過就是自己的淺薄騙了自己而已。

更好的人從來都不在未來，其實，沒有誰是比當下的更好的。
你明白我的意思嗎？
我知道你懂，或者說，早晚會懂。
也許，我們每個人都一樣，再也不會遇到那樣一個人，讓你心甘情願放棄理想抱負，哪怕碌碌無為，也只為和他過著平凡的生活。
也許，我們每個人都一樣，再也不會遇到那樣一個人，讓你不再計較所有得失進退，哪怕爭吵不休，也只願和他一起度過之後的人生。

這場愛的角逐，最後我們都輸了。
有人輸給了自己，有人輸給了現實，有人輸給了愛情。
在企盼著「未來會更好的」的日子裡，我們漸漸遠走，有沒有真的變得比從前更好，我們誰也說不清楚。
只不過，想給自己一個交代，不想錯過了愛情又將歲月蹉跎。
好遺憾哪，最終，還是和你錯過。

如果我也曾經口不擇言，如果我也一度讓你備受傷害，那，對不起。失去你，就是我為此買的單。

所以，你也不必難過。

因為，更難過的人，是我。

「有些人就是用來錯過的」，這句話絕不是一句雲淡風輕的分手感言，而是遺憾、懊惱又回不到過去再來一次的自我寬慰。

那場心力交瘁又徹徹底底的戀愛結束了，我們都各自朝著不同的方向走了好遠好遠。這個世界上，沒有人願意做那個站在原地的人，但我必須承認，從真正錯過你開始，我再也沒有真正地愛上過別人。

我一直相信真愛一生只有一次。

我一直相信愛的時機比愛的人是誰，可能還更重要一些。

如果時間可以重來，我們可不可以讓你我之間的緣分再晚來一些？
如果時間可以重來，我們的結果是不是就會有所不同？
如果時間可以重來，那我們是不是可以結婚生子、和睦團圓？

十一和楊子，是平行時空的兩個人。
他們都經歷過錐心的錯過，也都在錯過之後大徹大悟，懂得了許多。

十一當年失去的人是誰？
他在哪兒，過著怎樣的生活？

十一當年失去的人，就是楊子。
現在的楊子，孩子兩歲，男孩兒。
白羊座，和楊子一樣的星座。

我愛你，你愛她，她愛他，他愛她。

我相信，十一會幸福的，楊子也是。

生活就是這樣，難得圓滿。

但也，終將圓滿。

聽她的聲音｜會上癮

我終於放下你了

如果一切可以重新來過，你還會選擇你此刻的人生嗎？

倪安好、顧言、殷振、仇子言、嘻嘻、老何、馮含、丁一落、Mango、十一、楊子、老陳……這應該是出現人物最少的一本故事了吧。可是這些故事在我的心裡卻厚重無比。

如果能夠重新開始，你還會選擇愛這個人嗎？
如果時光可以倒流，你還會過此刻的人生嗎？

現在的倪安好，坐在北京二環裡四合院樓上的擁有大大落地窗的辦公室，她有事業有愛情有家人有朋友，有期待有嚮往。有一身武藝，也有一身缺點。
但她唯獨，沒有遺憾。

現在的顧言，要在幾天之後和倪安好見面。
只是尋常的一面，再無其他。

現在的殷振，過著並不如意的人生。
就像他不如意的婚姻，和他不如意的戀愛。
可誰的人生不是這樣呢？
人生不如意事十之八九，不同的只是它們發生在你我人生的哪個方面。

現在的仇子言，染了新髮色。
她每個月都有兩次坐一夜的火車，回家陪媽媽。
她說話還是很大聲，嗓門大到我不想說我認識她。

現在的嘻嘻，依然住在那個等待老何回去的房子裡。
她還是在做著讓無數個家庭的房子變得有溫度的事情。
她還是快步走在製造夢幻和浪漫的路途上。

現在的馮含，他心裡最愛的人依舊是丁一落。
可是丁一落，再也不會知道這件事。

現在的Mango每天都開開心心、嘰嘰喳喳、樂觀開朗地過著她每一天的小日子。
她仍然覺得在大城市沒有歸屬感，故鄉無論在哪兒卻都是家。

現在的十一，還是沒有蓄起她的頭髮。
她還是像往常一樣平凡地生活在她世界的角落。
她已經開始計畫結婚、生孩子甚至孩子上學的問題了。但，她還沒找到男朋友。

現在的楊子，終於從他的「又一次失戀」裡完完全全地解脫了。
他白羊座的孩子在一天天地長大，而他也慢慢變成了一個更成熟有魅力的男人。

現在的老陳，是被倪安好愛著的老陳。
也是，深愛著倪安好的老陳。

他們的人生仍在繼續，昨日已成昨日，未來仍舊可期。

這個世界上值得我們留戀的東西太多了，
我們要留戀的不只是舊人舊事舊時光，
還有你從未去過的未來和遠方。

身體和靈魂不能只有一個在路上。
心裡和腳下都有遠方的人，
才有資格說：
長路漫漫，而我無懼雨雪風霜。

Part 2

EPISODES

願你的美好，
有出口也有歸處

Episode 1

長路漫漫，而我無懼雨雪風霜

我不可能喜歡我走過的每一個城市，我走在伊斯坦堡的街上，我並不喜歡這裡，它和我想像的不一樣。但如果可以，你還是應該去看看，說不定，你會為它著迷，誰知道呢。

旅行的意義並不只是發現美好的，更重要的或許是，清楚地感知自己不喜歡的。這是我到土耳其的第二天在微博裡寫下的話。但旅行就是這樣，出發前的你是帶著未知去的，正是因為不知道目的地的樣子，旅行才變得美好而值得期待。

羅馬、米蘭、佛羅倫斯、蘇黎世、日內瓦、盧塞恩、因特拉肯、巴黎、倫敦、紐約、東京、大阪、京都、福岡、長崎、伊斯坦堡、卡帕多奇亞、曼谷、芭堤雅、印尼。這些是中國以外我去過的幾乎所有地方。

經常有人問我，如果你不從事現在的工作，你最想做的事情是什麼？

我想周遊世界，有些地方自己一個人去，有些和朋友一起，有些帶著父母，絕大多數跟愛人。我不必喜歡我去到的每一個地方，有時候不喜歡的會比喜歡的給人更多的靈感和意義。

其實也不是沒想過放下現在在做的事情，當一個一直行走在路上的人。不一定所有的旅途都吃得開心住得享受，但我總能真切地看看當地人的生活方式和他們的人生情境與我原本的究竟有何不同。

但遺憾的是，我沒有這樣的勇氣和魄力去過那樣的人生。所以我一直都好佩服那些能夠一直一個人去往世界各處的女生，她們也許生來瀟灑，也許是因為經歷了些什麼才終於有了不顧一切的決心。

現在每年就算工作再忙，我都會努力在每兩三個月中就擠出十幾天的時間去一個以前沒去過的國家或者城市，這對我來講真的好重要。

我不想做一個永遠被生活套住的人，如果我人生的眼界永遠只在我目之所及的當下，那我不認為我能夠做出更多影響他人的事情，我不認為我會對那樣的我感到滿意甚至驕傲。

我去瑞士，我親眼看著那裡的人們在童話世界裡般的生活，原來地球上真的會有那麼乾淨美好簡單純粹又不染塵埃的地方，那個國家的每一處風景都像是調色合成後的假照片，美得一點兒都不真實，又美得深入眼眸甚至骨髓。但我想也許生活在那裡的人並不自知他們所處的美好，也許他們還在羨慕著世界另一處的某某，也許誰還在過著他們嚮往的生活，也許他們也在為些什麼而煩惱，誰知道呢。

我現在最大的願望就是帶著爸媽以及我愛的那個人一起再去一次瑞士，我想跟他們一起看看這個世界上竟然還有那麼多的美好是比我們生活的困境難忘得多的。

這個世界上值得我們留戀的東西太多了，我們要留戀的不只是舊人舊事舊時光，還有你從未去過的未來和遠方。

最近的一次是土耳其，這個街道上到處都是流浪貓的國家。但這些貓一點兒都不像在流浪，這裡的人們對它們都很友好，隨處都有貓糧，它們每一隻都被養得很胖。

伊斯坦堡是一個好熱情的地方，不是冷漠的熱情，是真正的那種。這是片歷史感很濃重的土地，經典的拜占庭建築好像又回到了奧斯曼帝國的時代。這裡是食物單調，但人總是友好。

卡帕多奇亞是地球上最像月球的地方，剛去的那天，坐飛機，晃得厲害，落地前的火花和聲響，嚇得我對這個地方沒了期待和好印象，落地的時候全飛機的人給機長鼓掌，這樣的場景此生都不想再經歷第二次了。但不得不說，整個土耳其的行程，就是因為卡帕多奇亞的熱氣球才變得無比美好。如果可以，希望你有一天能和愛人一起去那裡，在熱氣球上許下些願望吧，應該會實現的。

這是個沒有安全感的地方，沒有熱食的早餐，沒有路燈的深夜，和當地人交流時蹩腳的英文，還有當地特色的洞穴酒店，都讓我感到不安全。儘管同行的夥伴跟我的感受完全不同，但我知道，這才是我們一起上路的意義所在。

回程的那天，我在飛機上咳血，嚇得我以為自己在土耳其感染了什麼病毒。

如果讓我形容一下土耳其，嗯……土耳其是起司味的。

我不喜歡起士，可是這裡的每一種食物裡都有起司。

我還有好多想去的地方，南極、北極以及埃及，摩洛哥、杜拜以及越南。我不知道下一個被我選中的地方是哪裡，不對，應該是，下一個選中我的地方是哪裡。不管是哪裡，我都滿懷期待地想去看看，感知那裡人們的溫度，感受那片土地上生物的姿態。

如果我一定要給自己的人生選一種活法，我希望，我能去過那種滾燙的人生。

也許我會有好多好多的遺憾，也許我也會在經歷了些人來人往後仍有不甘。但我依然無比感激我始終擁有著體驗和感知的權利，即使我也會感到糟糕感到迷惘甚至感到絕望，即使我無助我悲痛我失去方向。但這些永遠都替代不了我對世間一切美好的感恩和嚮往。

我為我能看能聽能聞能觸摸，我為我能坐能立能行走能奔跑，我為我願意遠行也懂得歇腳，而感到無上的榮光。對，是榮光。

身體和靈魂不能只有一個在路上。

心裡和腳下都有遠方的人，才有資格說：長路漫漫，而我無懼雨雪風霜。

聽她的聲音｜會上癮

你的人生，都藏在選擇裡

你怎樣對待生活，生活就會反彈給你什麼

我以前是一個特別不會控制自己情緒的人，喜怒都形於色，也總是習慣於把情緒表達出來被人看到，後來看多了別人這樣才知道其實是不對的。

這個世界上從來都沒有感同身受，沒有人會真正懂得你的苦痛和你的歡愉，沒有人真的關心它們或者跟你有完全一樣的心情。反而，壞情緒會傳染，會讓看到的人也不快樂。

我的微信置頂是一句「儘量平靜，儘量冷靜」的話，其實就是為了提醒自己，在慌亂、興奮、生氣以及種種不平靜的情緒裡，要保持克制和冷靜。

我見過太多，也做了不少因為當時情緒不穩定，之後想起來會後悔遺憾的事情。人都會有不理智情緒化的時候，但在成人世界裡，你要儘量控制，並保持機警，因為情緒過頭犯下的錯其實並不好補救。

那些走了很遠的人，未必比你聰明比你勤奮，但一定比你做了更多正確合適的選擇，比你少走了一些彎路，比你少花一些時間彌補過錯。

隨意被情緒支配，是一個人最軟弱無能的表現。能夠管理好自己的情緒，是一個人有所成就的最基本的表現。

美國著名的社會心理學家費斯汀格曾經提出一個著名的費斯汀格法則：生活的百分之十是由發生在你身上的事情組成的，而另外的百分之九十則是由你對所發生的事情如何反應所決定的。

你面對一件事情的態度會直接影響你的生活。

他曾經舉過這樣一個例子：男主人卡斯丁洗澡之前把自己的名貴手錶放在了洗漱台，妻子怕手錶被水打濕，轉手把錶放在了餐桌上，兒子在餐桌上拿麵包不小心碰掉了手錶，手錶摔壞了。

卡斯丁看到摔壞的手錶，先揍了兒子一頓，後罵了妻子一通。爭吵過後，卡斯丁早飯沒吃，就早早跑去公司，結果快到公司才發現，早上出門太急，公事包忘帶，急忙回家拿，但他的鑰匙在公事包裡，只能把已經去上班的妻子叫回家。

拿到公事包後，卡斯丁因為遲到被領導狠狠批評，妻子因為早退全勤獎泡湯了，兒子本來有望奪冠的棒球賽，因為不在狀態，泡湯了。

由手錶摔壞這件小事引起的壞情緒，影響了一家人一整天的生活。有時候，壞情緒的感染力是比好的要有威力得多的。

情緒就像是一面鏡子，你用什麼情緒對待他人和生活，別人和生活也會把同樣的情緒反射給你。最終，受傷的還是你自己。

美國一位情緒管理專家說：「暴風雨般的憤怒，持續時間往往不超過十二秒鐘，爆發時摧毀一切但過後卻風平浪靜，控制好這十二秒，就能排解負面情緒。」

第一次看到這句話的時候就覺得特別有道理。

人的情緒往往就是在你感覺自己不受控的第一時間爆發的，只要稍微再緩緩，就會發現情緒在跟著時間慢慢弱化接著消失。試著在你受到不良情緒影響的時候先換位思考再安慰自己，然後就會覺得其實也沒什麼大不了。

我自己有一個很幼稚的小方法：在我生氣的時候，在心裡默念「我不生氣，我不生氣，有什麼好生氣的啊，沒什麼大不了的」。

你可以試試看，等你默念完之後，緩過了這幾秒，你也就真的不那麼生氣了。

寫這篇文章的時候，我一直在想，要寫些什麼例子什麼故事。想到了一些，但也都不想寫了。如果我把它們寫出來，那我等同於就把壞情緒給了你。

想來，生命太有限了，我們的時間如果都花在了怨懟、指責、暴躁上，那我們的生命裡也就慢慢地充斥著越來越多這樣的壞東西。

就像我們交朋友，我們是不會靠近那些我們覺得不是同路的不喜歡的人的，那好情緒也同樣，是會被壞東西嚇跑的。

人的氣場，是自己給自己的，你希望自己活成什麼樣子，你希望自己在別人眼裡是什麼樣子，那就用那樣的要求和標準來要求自己吧。

儘管人生不可能事事順遂圓滿，但換個角度換個心情，相信我，會有不同的天地。

幸福是沒法被寫出來的，但悲傷可以。

我不會再去找你，在茫茫人海裡

我要把你還給茫茫人海，還給燈紅酒綠。
還給朝陽和晨曦，
還給炊煙，也還給大地。
我不會再去找你，在茫茫人海裡。
我們凝視著彼此的真，認真到眼裡除了對方沒有別人。

終於現場聽了李宗盛唱歌。
原來他在那樣寫生活。
原來，人總是願意為了至愛，保持天真。

這段話是我看完李宗盛演唱會的那天晚上，回到酒店房間裡，關了燈，寫下的。

感情真的是種磨人的東西，你用一生的時間都無法躲掉它。

無論你愛上的人是誰，無論你在哪裡愛上他，你都在賭，賭天長地久，賭心無雜念，賭山盟海誓，賭生死分離。

走出體育場，老陳問我，什麼感覺。

我說，像跟他重走了一遍人生，像上了一堂寫作課，像一個跟在場的所有人回望的儀式。

我說，別人寫的是歌詞，李宗盛寫的是真實的生活。

歌詞是假的，生活是真的，他的歌，都是真的。

我一直都想現場看一場他的演唱會，老陳給我講過很多他以前去看李宗盛演唱會的感受，也翻出過櫃子裡珍藏的DVD播給我看。說李宗盛以前在臺灣的演唱會週六週日兩天，歌單都是不一樣的，就像CD的AB面，看你想聽哪一場就買哪一場的票。可是他的歌，哪有什麼想聽不想聽。

隨著人流走出來之後，我跟老陳說：

「我們再去別的城市看一場吧，也許他會唱些不一樣的歌。」

老陳，是我男朋友，我們在一起兩年多，感情越來越好。我沒打算在這本書裡寫太多關於他或者關於我們的事情，總覺得當你把一個人寫進書裡很重要的章節，如果你帶著讀者再去回憶一次你們之間的故事，那基本意味著這個人已經是一個和你當下生活無關了的人。

不出意外的話，我和老陳應該還會有很多故事。

也許等到意外發生了的那一天，我才會回過頭來寫寫我和他的故事。

當然，我希望我永遠不必提筆寫起我們倆。

幸福是沒法被寫出來的，但悲傷可以。

幸福就是那張傻傻笑得很甜的照片，悲傷是照片是笑的，但裡面的人再也笑不出來了。

聽她的聲音｜會上癮

走心的愛從不敷衍

Episode 4

願人在愛中盡興，別對不起誰

「生來為了認識你，之後，與你分離。」

「如果女人總是等到夜深，無悔付出青春，他就會對你真。是否女人，永遠不要多問，她最好永遠天真，為她所愛的人……只是女人容易一往情深，總是為情所困，終於越陷越深。可是女人，愛是她的靈魂，她可以奉獻一生，為她所愛的人。」

「我只是怔怔望著你的腳步，給你我最後的祝福……被愛是奢侈的幸福，可惜你從來不在乎……我們的愛若是錯誤，願你我沒有白白受苦，若曾真心真意付出，就應該滿足。」

「我會試著放下往事，管它過去有多美。也會試著不去想起，你如何用愛將我包圍，那深情的滋味。」

「只要有愛就有痛，有一天你會知道，人生沒有我並不會不同……真的要斷了過去，讓明天好好繼續，你就不要再苦苦追問我的消息。」

我看著一個六十歲的男人在歷經了歲月滄桑之後，抱著把吉他，站在舞臺中央。他唱他當初寫給林憶蓮的歌，說是過去寫給老朋友的。

「老朋友」三個字，聽著真讓人難過。

我沒有辦法知道兩個人從相戀到離婚，中間究竟經歷了什麼。網上眾說紛紜，沒有人瞭解真相。只是，從纏綿到離散，怎麼都不會是一個人的錯。

他唱完《為你我受冷風吹》之後，說：

「這首歌，我只想表達『希望緣盡仍留慈悲』。」

他們倆的感情走到盡頭的時候，他們有給彼此留有體面和慈悲嗎？是傷人的人想這樣嗎？如果自己是被傷害的那個，也還是會對對方留有慈悲嗎？不盡然。

緣盡後是否還有慈悲，判斷不了一個人善良與否。善良與否是在相愛的那些時刻裡證明的，而慈悲，取決於相愛時的善良。

願，緣盡仍留慈悲。

願，人在愛中盡興，別對不起誰。

李宗盛是一個現在已經不再寫女人不再寫愛情的人了。一個在歌裡那麼懂情情愛愛的人，不再寫了。也該是個真的受過情傷的人，情傷又反噬到創作。

幾萬人的體育場，來的每一個人，都帶著多多少少的故事。能講的不能講的，都在唱歌的時候，講了；敢想的不敢想的，都在聽歌的時候，想了。

李宗盛說：「如果你聽過我的歌，就跟著我一起唱吧，就算現在身邊的這個不是當年身邊的那個，就算現在心裡想著的不是現在身邊的這個，也沒關係，他／她會理解的。」

這個世界上有那麼多的人，每個人也都愛過幾個人，然後跟愛過的每一個人都有些值得被記住的故事，於是世界上就有了好多好多的故事和好多有故事的人。

於是，人不再只是人，人變得有經歷，有過往，有不能被提起的，有此生都不會忘記的。但，我不是一個想擁有很多故事的人，我想擁有些一講就是一輩子卻還沒能講完的故事。

我是個有故事的人。

但，我想做個沒故事的人。

或者說，從今天開始，我不想再有故事了。

演唱會開始之前，我去洗手間。洗手的時候，聽到隔壁一個姑娘對另一個說：

「你一會兒上廁所別把手紙都用光了啊，一會兒哭了沒紙擦眼淚。」

三個小時的演唱會，李宗盛只唱了他創作的所有歌曲裡的冰山一角。我斜後方坐著一個看上去比我年齡稍大一點兒的姑娘。她幾乎全程都在哭，我總能在每首歌的喘息間聽到她的哭聲。但我沒有轉過頭去看她，一次都沒有。

我不想不小心地闖進她此刻好不容易可以放肆的小世界，我不想讓她覺得來聽歌的人只有她在哭，只有她有悲傷。有些人把淚流在臉上，有些人不，他們流在心裡。

所以，他們是有所準備地來聽歌的嗎？他們都知道自己會哭嗎？他們都有愛而不得、無法重逢的人嗎？他們是不是都有很想念很想念卻再也見不到的人哪？

我哭了嗎？

我以為我會哭，但是我沒有。

我是幸福的，真好。

對於他們來說，能被創作者懂得，能在他們的歌聲裡聽到自己的人生，該是多麼大的安慰啊。對於創作者、歌者來說，能影響和陪伴幾代人的成長，該是多麼大的幸福啊。

其實，無論像我說話、寫字，還是像李宗盛彈琴、唱歌，或者像老陳拍戲、導演，我們在做的事情其實不是創造一個什麼新的東西出來，它不是作品，也不是物件。

是力量。

我們為擁有這樣的力量而感到光榮，也因這力量能影響他人而無比欣慰。

之前讀過一句話，覺得是很棒的形容。

「你路過了我的夜晚，給我點亮了一盞燈。從此，我心裡藏著一把火，走向有別人的遠方。」

Episode 5

被愛是奢侈的幸福，但被愛的人總是很晚才懂

孤獨是一個人吃飯一個人看電影一個人吃火鍋嗎？
不是的。孤獨是終於有一天，你心裡連個想念的人都沒有了。
那個曾經把你所有的孤獨都填滿的人，再也回不來了。
孤獨的不是一個人，孤獨的是當初兩個人一起做的事情，如今要一個人做了。

沒有人會告訴你，你會在哪天和誰形同陌路、再無瓜葛。
原來，那天的相見就已是我們此生的最後一次見面。日後，就算並無山水相隔，我們也不會再次重逢。到頭來，只剩下看似置身事外的暗自懷念。
如果我終於要失去你，希望你我心裡總是懷有慈悲和感激。

被愛是奢侈的幸福，但被愛的人總是很晚才懂。有多少人能做到在失去的時候不哭訴自己曾經的付出，而是反思自己犯下的過錯，只留下歲月經過時的一聲輕歎。太多人的愛情，傾其所有，卻一無所獲，再次想起，往事空空蕩蕩，嗡嗡作響。

願你來日再無風雨相困，願你餘生歲月江河可渡。

願你我還能再見，卻也能不計前嫌。

聽她的聲音｜會上癮

沒能走到最後，都是因為不夠愛

也許在你的人生規則裡，
我這樣是天真。

但，我無比確定地希望
我能一直擁有這樣的天真。

Part 3

NOTES

愛的片語

——我愛你黑暗裡的聲音和你的風趣，
你愛我被蛋糕戳到眼睛後的大笑和偶爾的胡鬧。
我們欣賞著彼此的笨拙，也知道，我們都愛著對方，無比真誠。

——想說的話很多，卻怪語言太單薄，不能盡意。
又怕，說多了，話就變淡薄了。
總之，我很幸運。

——人生中的很多事情，知道得越少越好、計較得越輕越好。
別試圖考驗任何關係，因為任何關係都經不起考驗。

——每個月總有幾天會陷入嚴重的自我懷疑

別知道得太多，不管是關於世界的，還是關於什麼別的東西。
知道自己是誰就好了，知道自己要什麼就好了。
知道怎麼快樂，就好。

戀愛的人都怕分手，結婚了的人大多不相信自己會離婚。兩個人之所以會一步步走向離婚，大多是因為他們當中的某一個人從沒想過他們真的會離婚。於是肆意妄為，於是步步緊逼，於是揮霍浪費，其實離婚和分手一樣容易，鐵了心要走的人總是要走的。

有些人把爭吵放在自己的身體裡，有些人習慣把爭吵外化，後者比前者更容易憤怒也更容易快樂，前者比後者更早成熟且通透，但，活得也累。

你們有沒有這種感覺，人好像總是會莫名其妙地相信一個陌生人或者一個不熟悉的人想讓你相信的東西，卻不肯相信自己本來相信的、熟悉的親密的人讓你相信的東西。看上去有點兒繞，但我們好像都是這樣。長久且堅定的信任是建立在長久且沒有欺騙的坦誠基礎上的。我是個不接受善意的謊言的人，對於能夠理智溝通的人來說，善意的謊言也是謊言，無論謊言的外衣是什麼，它的本質都是不真誠的。如果沒有坦誠相待，那就不要奢求任何形式的信任。

人不要對所有事情都保持強烈的好奇心，尤其對人。

協同進化，適用於任何關係。進化成長節奏的不同步，會直接導致親密關係的瓦解。

跟自己較勁兒的過程太痛苦了，下輩子想做草木。

表達不滿和表達喜歡，分寸的拿捏，總是好難。

看了部電影，感歎原來愛情本來就是不公平的，你最愛的人是他，他最愛的人是她。可是那又怎麼樣呢，你又不能不愛他。現在他選擇的枕邊人是你，又不是她。你苦於他最愛的人不是你，他苦於愛不到最愛的人。平行線上的兩個人相交在一起，這本身已經是好不容易的事情了，就是因為各有各的苦，才要努力製造很多甜才對，不是嗎？

飛機上坐在我右邊的男人，無名指上戴著戒指。真美好啊。

——前兩天在機場候機的時候，對面坐著一個姑娘，看上去年紀跟我差不多大，身體有些天生的缺陷，小小的坐在我對面。不經意看到她的手機殼，上面寫著「餘生很貴，請別浪費」。看完眼睛一陣酸，我扭頭看向別處，心想：「我們真的已經得到了很多，要知足。」她乾淨漂亮，看起來很快樂，真好。

——最近被分享了很多故事，聽眾的讀者的朋友的，難免共情。長途飛行最適合寫字，沒邏輯的那種。隨便寫幾句，給自己看。

——真希望自己骨子裡是個自由自在、無拘無束的人，自我、瀟灑，不畏人言，永遠只奔向自己喜歡的天地，也不用為任何人而活。可惜，我媽沒把我生成這樣的人，我時常喜歡自己，時常不喜歡，更喜歡還是更不喜歡，我不知道。

新書五月底要交稿，似乎寫得比之前要好，但也有好多力不從心的地方。出國期間，沒開電腦文檔，卻在備忘錄裡寫了不少。其實，能跟自己聊聊真的很好。想念簽售的日子，是真的累，也是真的想。

處於戀愛或婚姻關係中的人，仍然能夠在與異性的相處中保持恰當的分寸感，不是件容易的事，但十分重要。不會讓另一半或其他異性多想的表達，才是得體的表達。喜歡享受曖昧的人，別談戀愛，也別結婚，你只適合單身。

想成為一個開闊的人，遼闊就算了，開闊就好。

聽了些故事，感歎女人的第六感真的很準，好像沒什麼是她們想知道卻不能知道的。區別只在於，有人說破，有人不。

——知足的人更容易快樂，不是因為他們傻，他們只是在抱怨未曾得到和感恩已經擁有之中，選擇了感恩。

人總是習慣放大不好的記憶，習慣把對方做過的不好的事情記得更清楚，然後把對方的好都看作理所當然。不對，不該是這樣的。「美好」應該是用來治癒「糟糕」的，「糟糕」並不該侵蝕原本的「美好」。放大「不好」並無意義，善於記住被善待的每一個時刻的人，才更容易被更多地善待。

不做虧心事，不怕鬼敲門。做人做事，談情說愛，你在做，天在看。

——最近被好多粉絲在公眾號後臺和直播裡問結婚的問題。在女性越來越獨立的年代裡，女人對男人的依附已經越來越少了，女人需要靠男人才能得到的東西也不再像以前那麼多。而婚姻，是少有的只能靠男人才能得到的東西，如果在相對長久且愉快的交往後，他仍然不願意對此做些什麼，那你應該清楚你對他來講或許並沒有你想像中的重要。

還是會被感動啊，很感動的那種。被人真心祝願，被人擔心掛念，被人在危難時伸出援手，被人記得和感激你曾經的用心。做個「好人」真好。

一心付出，不求回報的感情是不存在的。得不到回應的人，早晚都是要離開的。

回過去和到未來，如果非要選一個，我選到未來。我不想回到過去，我是個在過去裡沒有遺憾的人，真的沒有。我為此，感到安慰。但，我無比清楚地知道，當我到了未來，我就會想要回到過去。那麼，我還是選擇哪兒也不去。

會有很多心累的時候，但想想自己已經得到了很多，就覺得值得。

——能成為好朋友的人，一定是有很強共情能力的人，她能迅速發現你的痛點和軟肋，也能認真聽你傾訴和她無關的事情。能成為好朋友，一定需要感同身受，感受她的經歷和處境，理解她的想法和怪癖。好朋友不一定是和你多麼相似的人，好朋友是就算你們完全不同，她也能永遠站在你的角度替你思考的人。

——會有一瞬間抑制不住委屈，覺得自己要爆炸了的那種。也有無數個笑得發自內心的時刻，真的超幸福的那種。後者比前者多得多，於是很滿意「我」是「我」。

——一個人需要經歷多少才能擁有穩固而長久的三觀，始終潔身自好，始終光明磊落保持簡單，禁得住誘惑並能看透誘惑？

如果已經來不及認真地年輕，那就想想如何認真地老去。

常常告訴自己，要做別人做不到的事情，就要面對、解決別人處理不了的問題。

人真是複雜的動物，遇到簡單的人，要好好珍惜。

真正聰明的人並不多，往往都是在耍小聰明，還自以為那就是真正的聰明。

時常反思、換位思考，這將是我永遠保持的習慣。

過去做了很多太善良的事情，也曾信奉善良永遠沒錯的道理，但漸漸遇到了一些肆意來踐踏你善意的人，於是開始告誡自己，必要的時候，請學會有原則地殘忍。

養成了一個習慣，不快樂的時候不發朋友圈，也不發微博。不給父母發微信，也少給朋友發，我發給自己，發完就覺得舒暢了許多，也就重新快樂了。

太能忍耐，然後自食其果。

志同道合的人，衷心地希望我們晚一點兒走散。對不起，我是個悲觀的人，我知道人終會走散，早晚而已。但這並不影響我盡情地享受共同前行的過程。

任何關係都一樣，不限於愛情。
要想長久穩固更好地發展，一定需要彼此的共同進步。
放棄努力、放棄進步的人，會慢慢地在這段關係裡無法自處，直至失去。
協同進化，才是長久之道。
不過我仍然希望你能遇到願意陪你成長，等你進步，永遠會在原地等你的人。但畢竟不是每個人都有這樣的運氣。所以，如果不能，那希望你無論到什麼時候都別放棄學習，別放棄對自己的苛刻。

任何關係都是這樣，希望我們在已經擁有了的時候，依然能保有想要擁有時的熱忱和認真。

願每個人都能擁有愛與被愛的快樂。

—為別人想得太多，為自己想得太少，以後要多為自己著想。

—曾經以為，善良是做人最基本的品質。慢慢才知道，其實這世界上並沒有那麼多真的內心善良之人。那些把善良看作選擇朋友、選擇愛人時最重要的條件的人，大概都聽多了也見慣了人心的險惡和不堪，才知道，善良這件事看似簡單，實際多麼難得。希望自己變好，也希望那些不該變的，永遠都別變。

—身邊越來越多的朋友結婚，也聽了好多婚姻裡的故事。後來慢慢不想知道了，不願被分享了。大多數人口中的婚姻都太負能量了，充滿壓力和壓抑。我不知道他們的婚姻怎麼了，他們的關係是怎樣一步步就走到了不再美好。只是，我非常肯定出錯的不是「結婚」，出錯的是結婚之後兩個人「收回的」和「放不下」的那些。

我不知道在那些故事裡誰才是值得同情的，誰又是殘害了婚姻的主謀。只是真的好難過，婚姻不應該是我們的圍城，婚姻應該是我們的堡壘，婚姻是保護和成全我們人生的，婚姻不代表沒有自由，也不意味著你們的愛情就要開始變成親情。

真希望所有的愛情都可以像我們互相表白決定在一起的那天一樣美好，真希望兩個人的感情不會因為長久的相處而厭倦疲乏，真希望我們能像包容自己的小雀斑和冬天的贅肉一樣接納另一半身體和靈魂裡的缺憾。

我不相信七年之癢，也不相信合久必分，
我不相信愛情裡有消化不了的憎恨，
因為我知道所有的恨都是愛的另外一種表達。

——經常有人問我相信愛情嗎。

我不相信愛情，但我相信我真正愛上的那個人，我相信那個人會給我一段讓我相信的愛情。

我不相信愛情，但我相信他。

我相信我能找到從一而終的人，相信我們可以天長地久，我相信兩個人會漸漸失去最初的新鮮，也相信有智慧的伴侶會不斷地製造新的新鮮，並無比珍重新鮮過後的默契和懂得。

——我不相信自己會擁有滿分的婚姻，但我不斷地告訴自己，我希望我有足夠的耐心和睿智讓我和另一半的愛情一直走在去往滿分線的那條路上。而重要的，不是我們走不走得到那條滿分線，重要的是，我們一直沒丟下對方，我們一直在向更好的「我們」走著。

愛情是一種永遠需要努力的東西，不論兩個人在一起多久，但凡有一方開始放棄努力，那遺憾就會越來越多地發生。而我，不希望有遺憾的發生，所以，我不會停下在愛情裡的努力。那不是卑微，那是我對我自己和我們的愛情的最大尊重和虔誠。

我還沒結婚，但我會結婚。我也不知道我的婚姻長什麼樣子，但我一直告誡自己，要做個真正聰明可愛的女人。我相信我會幸福的，是真的相信。只有相信的人，才更容易感知、得到並且感恩幸福。

希望那些我聽到的婚姻裡的故事，最後都能有好的結局。希望磕磕碰碰過後，那些故事裡的主人公還是最愛陪在自己身邊的那個偶爾會拌嘴的人。希望善良真誠的人能被眷顧，希望「快樂」是每個人生命裡的關鍵字。

——我是一個善於表達的人，我鮮少擔心自己說的時候會詞不達意。於是我常常在說，表達歉意也表達感激，袒露急迫也顯示在意，向我喜歡的同道中人示好，也直接地告訴我討厭的人我們真的不必假裝友好。

——我慶幸自己沒被教育成「明明心裡不喜歡一個人，卻偏偏因為某些原因裝作友善」的樣子，我不認同那樣的江湖，和所謂江湖裡的圓滑。

——如果有一天我開始討厭自己些什麼，我想，言不由衷，就算其中一種。

——也許在你的人生規則裡，我這樣是天真。

但，我無比確定地希望我能一直擁有這樣的天真。

並，我還為這樣的自己，感到些驕傲。

如果你已經走了很遠的路了，
那麼，加油，你還可以走得更遠一點兒。

把人生的第一次過山車獻給了大阪環球影城。
我發了條朋友圈說簡直太興奮了，朋友回覆我：
「你未來還會有好多個第一次，和他一起度過。」

以前覺得坐過山車大概是我這輩子都不會嘗試的事情，可因為有讓我感到無比安全的人在身邊，可怕的也都變得有趣了。又能怎樣呢，反正手一直牽著，害怕的時候就使勁兒地抓著，掌心的溫度即使在極度失重的時候也感受得清清楚楚。

——人的這一生總是會把自己的無數個第一次給好多個不同的人，重要的不是你是否得到了對方的初體驗，而是當你們彼此陪伴經歷此刻的時候，是怎樣的喜悅和感激。重要的是，你們開始期待陪對方經歷的下一個第一次。

——今天是有成就感的一天，甚至從過山車上下來的那一瞬間，覺得自己像個英雄。也真是夠傻夠好笑，哈哈哈哈。

——愛總是讓人傷神，卻也讓人找到了地方安放軀體和靈魂。我們的無論哪一種成就，背後總有愛，為它撐腰。

——喜歡坐飛機，不喜歡坐火車。喜歡坐公交，不喜歡坐地鐵。

喜歡晴天時候的雲朵，不喜歡一個人躲在被窩裡的狂風大作。
喜歡溫和的穩定，不喜歡冷漠的熱情。

喜歡「喜歡我的」，不喜歡「沒多喜歡我卻假裝喜歡我的」。
喜歡忠誠堅貞和透徹，討厭喜新厭舊，討厭草率敷衍狂妄和有始無終。

我知道自己喜歡什麼，不喜歡什麼，厭惡什麼，接受不了什麼。
我活得真累，但我欣賞自己界限分明。

別人喜歡什麼樣的我，似乎一點兒都不重要，
重要的是，我喜歡怎樣的我。
還好，你們，喜歡我。

——永遠為自己和值得的人而活。

——早上出門有重要的事情要辦，其實我倆心裡多少都有些緊張。

「哎，今天頭髮吹得不太一樣哦，真好看。」

這是我臨出門時他對我說的話，然後就默默把我送進電梯。

好的戀愛總是有默契的，你們不需要直接說什麼明顯的話，但彼此心裡卻清楚地知道對方為什麼要說那句話。

相比「今天要加油啊」、「你是最棒的啊」之類的鼓勵，他嘴裡的那句「真好看」似乎被賦予了他要傳遞給我的全部力量。

其實，愛情裡的一路同行不就是這樣嗎？

因為有你在，我開始不再懼怕歲月裡的磨難。

因為有你在，生活裡的好與壞都有了不同以往的光彩。

因為有你在，我終於也明白了，愛的力量其實一點兒都不微小，它無比高遠、十分深重。

如果可以，我希望我永遠都可以活在此刻人生的愛裡。

希望，你也一樣。

願你在人生的起落沉浮間，也能始終找到希望。

Notes

蕊希把強勢給了我，也把她的脆弱給了我

From 白子玉

忘了一起聊天聊到什麼，我的老闆蕊希邀請我在她的新書裡寫一篇關於我們倆的故事，寫寫我眼中的她是什麼樣子的，我認真地和她講我稿費很貴的，她認真地翻了我一個白眼。

我從事新媒體行業三年了，公眾號日常推文寫了十幾萬字，日常更新稿、新聞稿、廣告宣傳稿大多出自我手，刁鑽的選題、難搞的客戶沒怕過，可讓我認真寫一下我這三年接觸最多、最親密也最熟悉的她，我思前想後幾天都沒有動筆。

不是不會寫，是怕寫不完全，是覺得我和她這三年經歷的故事、我們之間的點點滴滴很難用一篇文章講完。

但今天坐在電腦前反而想明白了，幹嘛要把所有故事一口氣寫完？我們還有很多未發生的事值得期待，我們還有很多時間可以用來嚮往未來。

就在不久前我們公司搬家了，從五環外到二環裡，從兩個人置辦桌椅到一群人收拾搬家。

全部收拾好的那天晚上，屋子裡就剩我們兩個人，蕊希還在到處查看新公司的狀況，我站在落地窗前看著窗外車水馬龍的寬闊街道，覺得這幾年不容易，但也覺得這幾年很幸運。

我們倆單純簡單，沒經歷過什麼所謂的江湖險惡、世態炎涼，沒開過公司也沒有什麼過於宏大的規劃，一切都是一邊學習一邊實踐，竟然也莽莽撞撞走到了現在。

我知道以後的日子還會有很多好事繼續發生，還會有很多驚喜值得期待。就像當年剛剛開始的我們一樣，今天的我們，仍然只是剛剛開始。

這三年我和蕊希之間的關係迅速發展，從投稿的兼職寫手到生活中的親密朋友再到工作上的合作夥伴，我們一起聊閨密之間的私房話題，我們一起經歷工作中的高光時刻，我們因為失敗一起抱頭痛哭，我們因為一個眼神就可以看懂對方的心意。

我和蕊希的性格很像，我們開朗，我們強勢，我們有自己嚴格的內心秩序，有關於未來的明確的計畫和方向，我們清楚地知道自己要什麼，並能堅定地行走在去往目標的路上。所以，我們能一起玩耍，一起工作。

但我們又不同，蕊希比我感性，經常因為各種感性的事情哭鼻子。

蕊希比我更強勢，我處理不了的事情只要往後一退，她就能站出來了，似乎永遠沒有她不敢面對的人、不能解決的問題。蕊希精力旺盛，半夜想起工作就給同事發微信，一大早醒來又繼續回覆消息，忙起工作不記得吃飯喝水，我之前說過，她是一個在她每天的計畫安排裡不會給吃飯留出時間的人。但我做不到，我經常喊餓喊困，經常因為沒吃飽心情不好。

過去的三年，我們一起胖一起瘦一起曬黑，我們的衣服是一個碼，我們的鞋子是一個碼，我們的粉底是一樣的色號，我們棒球帽的頭圍相同。所以很多時候我去她家住一晚上，第二天就拎著大包小包的衣服回家了。

網上經常會有職場建議說不要和你的老闆成為太親密的朋友，也不要和朋友一起共事，我們兩個卻是這幾年來彼此身邊最默契的工作夥伴，最親密的朋友，想想還是覺得神奇。我們沒有因為金錢利益翻臉，也沒有因為工作和友情的混合鬧矛盾，有過不開心的時候，過幾天兩個人就都忘了，有過意見不統一的時候，最後誰錯了就先認錯。

我們深知長久的相處需要兩個人彼此接納和包容，包容對方的缺點和不完美，接納我們之間的不同和差異，所以膽小的她會陪著我去玩兒蹦床，所以已經是老闆的她要接受她最默契的工作夥伴每週還要回學校上課。

而她呢，她把強勢給了我，把脆弱也留給了我。

公司剛成立那會兒，層出不窮的問題等著我們解決，遇上我那個學期課程滿滿當當，蕊希經常發語音和我講工作，有時候情緒上來說話很衝，我也不和她生氣，直接把語音轉文字，因為我知道她的脾氣一陣一陣的，不理她過一陣兒她自己就好了。

消化她的壞情緒不是我作為同事的工作義務，卻是我作為朋友的分內事。你可以在老闆發火的時候扭頭走人，但你不能在朋友生氣的時候丟下她走了。

你得等她冷靜，然後陪她解決問題。

二〇一七年夏天是我們兩個人過得最艱難的時候，一邊跑簽售一邊忙公司成立的事，不出差的日子就在她家忙工作，半夜一兩點睡，早晨七八點就起，因為緊張和著急沒胃口吃飯，那段時間我瘦了七八斤，她也一樣。

我見過她因為不知所措急得大哭的樣子，見過她因為意外發生不得不面對的勇敢，我記得她和我講她需要我的幫助，記得我倆失眠的時候她焦急地問我「怎麼辦」，而我只能安慰她「一切都會好起來的」。

當你見過一個人的脆弱狼狽之後，你就不會因為她的強勢苛刻而大驚小怪。成年人的世界，見到一個人的鎧甲容易，但要看到一個人的軟肋卻很難。

我是看過蕊希軟肋的人，那是特定時間特定情形下的特別緣分，我想之後可能還會出現比我優秀、比我和她更有默契的工作夥伴，但很難再會有人能看到這個女孩兒一夜之間的成長了。

有人問女孩子的友情是怎樣開始的，有人講是從一起罵負心的前男友開始，有人說是從一起把手逛街互相挑衣服開始的，有人說是一起喝酒聊天到天亮那次。我和蕊希很早認識，但是那個我們兩個人一起並肩作戰的夏天，讓我無比確認這個人會是我很好的朋友，我希望她得償所願，希望壞事遠離她，希望她少些坎坷。

如果繞不過這些成長必須要經歷的磨難，那我希望每一次她手足無措的時刻，我都能陪在她身邊和她一起經歷，兩個人在一起，好像有多大的難事都可以挺過去。

她身上有一些毛病，她毛躁，她時常情緒化，她大手大腳亂花錢，她喜形於色，但她是老闆，是被千萬粉絲追捧的主持人、作家、偶像。大多數人選擇誇她，而我是那個要指出她有問題的人，我不怕她生氣，每個人都會看不到自己身上的問題，好朋友就是要幫她指出問題，不然和一般人有什麼區別。

她身上有很多優點。她總是善良待人，被人傷害過但重新來過依舊會選擇善良。她大方，總是想把好東西和朋友分享。她孝順父母，不聲張地給爸媽換了房子。她像所有二十幾歲的姑娘一樣，愛美，簡單，但她又不是普普通通的年輕人，她的背後，是上千萬粉絲的注視和關注，她的肩上，是一個公司的年輕人的信任和未來。

從認識到現在我給她起過很多名字，大臉希、美希、蕊老闆……現在我經常叫她宋姐。她不喜歡這個名字但我很喜歡，因為對我而言她不再是單純意義上的老闆和閨密，她更像我的姐姐，帶著一個小兩歲的妹妹在這個複雜的世界一步一步地探索，有困難一起扛，但她扛得更多一些，有快樂一起分享。

她總說謝謝我，謝謝我陪她經歷艱難的時刻，謝謝我陪她創業，但其實是我更該感謝她，謝謝她的知遇之恩，謝謝她在茫茫人海裡發現了普普通通的我，謝謝她對我的認可，讓我寫下的文字被幾百萬人看到並喜歡，謝謝她帶我進入一個更大的世界，見識那個世界的繁華多彩，體會到人生的種種可能。

大學畢業前我覺得我能考個老家當地的公務員就挺好了，不過兩三年光景，我來了更大的城市，認識了更有趣的人，重新定義了我的人生。和她認識的這三年，是我成長變化最快的三年，她關注著我的事業、生活的方方面面，總能在我有問題的時候給我幫助，總能在我不自信的時候給我自信。謝謝她讓我相信我值得擁有更好的生活。

以前的生活也不算差，但現在的我好像身上有了亮光，而我知道蕊希是那個推開大門讓光照向我的人。我不知道未來會怎樣，我不知道我們最終會走到哪裡，我不知道還會有什麼意外出現，還會有什麼驚喜發生，但我覺得所有的一切都值得期待。

我們還會去很多新的地方，我們還會認識很多朋友，我們還會做很多有意思有成就感的事情，我們還會為彼此的成長進步而高興，我們都會成為更好更好的人。

見到一個人的鎧甲容易，
但要看到一個人的軟肋卻很難。

蕊希像一顆洋蔥，一層一行眼淚

From 喜子

蕊希前幾天讓我寫一下她在我心目中是什麼形象，感覺把我逼上了高考語文作文的考場。她說你可以寫寫我是怎麼善良怎麼美麗怎麼樂觀向上。開玩笑，讓我寫這些？怎麼可能。

二〇一八年初識蕊希，一次拍攝之後，我就一步步掉進了她的大坑。從一個自由攝影師變成了蕊老闆公司的簽約攝影師，以及她的助理、樹洞、男閨密。

不過首先我在此處許個願望：希望接下來的每次拍攝我都能夠避開她的生理期，不然攝影師化妝師服裝師都會有生命危險。我們經歷過好幾次，暴躁夾雜兇悍又兼顧脆弱，那真的是末日，哈哈哈哈哈哈哈哈。

蕊希就像一顆洋蔥，一層一行眼淚。

好像越脆弱的內心就擁有越多層的鎧甲，但她的內心又是那樣乾淨純粹。

這就是我心中的蕊希，交心用心換心，才能看得清她的內心。

她需要的不是很多很多的稱讚，而是太多太多的理解。

我記得她跟我說過，現在有很多人都在關注著她，她的一舉一動一言一行，都在影響著支持和喜歡她的每一個人。她希望她的每句話每段聲音每篇文章每個故事都能給大家帶來力量，讓大家可以不靠別人、自己站起來的力量。

我永遠記得在簽售會的時候，有一個小姑娘問她怎麼獲得安全感，她說：安全感永遠都要自己給自己的，這個世界上沒有任何一個人給你的安全感會大於你自己給自己的。

或許就是這種安全感，讓我不自覺地願意跟她分享我所有的秘密。又或許這就是她此生的職責吧，要承擔和肩負起太多人的情感寄託，她要告訴所有人，明天的明天，依舊是豔陽高照的晴天。

感情兩個字，山一樣沉重，經常讓人光是看看就喘不上氣來。我總會在她那裡偷偷喘口氣，最貼心的朋友總會給我最合適的安慰。

她的眼淚特別地不值錢，因為她動不動就會感動得痛哭流涕。有時候男生的情感剖析，還是會帶著男生的倔強。而這種倔強，或許不太一樣。每次我帶著這種倔強，她總會哭得花妝，然後就把我嚇到愣住。

她的眼淚不值錢，但她的信任卻是我這輩子為數不多的覺得珍貴的東西。而她給我的那種信任，可能是來自她對所有感情的勇氣和細膩。

她的愛情，很普通，就是噁心來噁心去、甜甜膩膩的那種。

讓我覺得他們可以在一起膩一輩子，兩個人卻永遠都不會覺得對方煩。

我不太想聊太多關於她愛情的故事，畢竟我們幾個最好的朋友都單身，拒絕「狗糧」。但我希望他們幸福，我希望我還能吃到甜不辣、滷肉飯、貢丸湯、柳丁汁、三明治、花雕雞。我希望永遠能看著他們倆在我面前也肆無忌憚地秀恩愛，我希望她永遠笑得燦爛美麗，臉上永遠堆滿了快要溢出來了的喜悅和甜蜜。我希望這個清澈可愛的女孩兒，永遠被愛被認真對待。

她的友情囊括了我們這幾個人，其實我們特別享受大家一起坐在沙發上慵懶著的狀態。我們總有說不完的話題，然而我只能挺三個回合吧，因為太吵了……

我們總會把嘰嘰喳喳演繹得活靈活現。我記得有一次我們去往一個拍攝現場，真的吵吵鬧鬧了一路。最後有人說誰先說話誰今晚請客吃飯，瞬間大家全都安靜了。其間我接到無數個微信語音電話和視頻，都是他們聯繫我其他朋友搞的鬼。最後晚上每人點了些不同的吃的一起請客。

我們總是這樣，無厘頭地開始，無厘頭地結束。

但，真美好。

其實我一直覺得公和私這兩個領域摻雜在一起真的不合適，奈何我們是從工作變成了哥們，她又從哥們變成了我上司。我們私交甚好，朋友之間總是伴隨著性格的碰撞，我想跟大家說千萬不要跟一個做情感內容的工作者去較真兒，完全比不過，能把你憋屈哭。唉。一個大老爺們，真的是氣死我了。但是我忘記是因為什麼了，只記得眼睛裡含著淚花，默默地按照她說的繼續修圖工作，哈哈哈哈哈哈哈哈。

我記得二〇一八年我們公司年會，所有的人都收到了一份特殊的紅包，上面寫著「某某某的爸爸媽媽，謝謝你們培養出這麼優秀的孩子，祝你們身體健康，平安順遂，新年萬事大吉」。

我不知道其他同事家人的反應，反正我媽看到之後特別特別開心，讓我把合同趕緊續一下，哈哈哈哈哈，然後默默地把紅包收到了自己包裡，然後就開始使勁兒地誇蕊希好，說不用再擔心我自己一個人在北京了。

那個，嗯，我收回我前面說的話，有一個感情細膩的老闆，真好。

現在是凌晨四點鐘，這篇文章寫得讓我有些失眠，突然發現我跟她竟然才認識一年多，但莫名其妙地我們卻在一起經歷了那麼多那麼多。我們一起奔走在各大時裝週的秀場，我們一起拖著行李箱在簽售會結束後的機場滯留十個小時，我們一起在土耳其的熱氣球上驚歎大自然的不可思議，我們一起在中國臺灣吃到胃脹。我們一起經歷了好多好多，她跟我哭，跟我笑，打我罵我教育我，慢慢攢著吧，攢到老，我們的交情也到老。

我喜歡，她分享愛情的幸福；
我喜歡，她成功創業的自信；
我喜歡，她偶爾軟弱的眼淚；
我喜歡，她生氣發飆之後的安慰；
更喜歡，答應要漲工資的蕊希。

但，我不喜歡她叫我全名，尤其她嗓門又大，真的很可怕。
蕊希，只要你以後不叫我全名，咱倆這兄弟關係，還能處一輩子。
不然，微博發一波你的黑照還不給修！

最後，希望你每次笑都能笑得像個傻子，希望你永遠開心幸福。
還有，我想說：
因為她，我相信明天的明天，依舊是豔陽高照的晴天。

我相信明天的明天，
依舊是豔陽高照的晴天。

後記

希望我們山水相逢之後，還能再有來生

這本書寫到最後，這是交稿前的最後一篇。
直到停筆的那一刻，我想，我才會感到如釋重負。
所以現在，我還沒有。

自己覺得這本書我寫得比之前的兩本《所有煎熬和孤獨，都成了我走向你的路》和《願你迷路到我身旁》要好一點兒。好在哪裡我也說不上來，各有各的好，也各有各的生澀和膚淺，但我喜歡寫這本書的時候自己的狀態，感覺更流暢也更自如，隱約覺得自己寫得更沉著更不急於用文字彰顯什麼。

向來都覺得最能打動人的作品都一定是無比真誠的。一本書最後呈現在無數讀者面前，被人閱讀的時候，其實不是閱讀者在看作者的人生，而是閱讀者在旁觀和審視自己的人生。

我試圖用這樣的標準要求自己，期待當我寫下的這些文字被你們閱讀到的時候，你們能從這裡面找到自己和你們生活裡的那些來來去去的人。就像，這些文字，是你們自己寫的一樣。

我在序言裡說，我不知道自己這次寫的是什麼風格，算什麼類別。我說你們覺得它是什麼，那它就是什麼。

直到現在，當我寫到這裡，回看前面的幾萬字，我仍然無法準確地定義我在寫的這一本，它是什麼。

前幾天，我把前面的文章全部發給了出版社的編輯老師，我問他們會不會覺得寫得太亂，會不會理不太清楚人物關係，他們說我寫得很好，他們說能看得懂我要講的故事，能明白我要表達的是什麼。

其實，我也不知道他們是為了讓我安心才這樣安慰我，還是真的覺得我寫得還不錯。就像我也不知道，當你們在閱讀完全書或者其中的幾個章節之後，你們的感受和評價又是如何。

我總覺得，其實一個作家的寫作風格，他筆觸的態度，就和一個人的口味、審美、穿衣打扮、喜歡的偶像等等都一樣，不斷在變換，不可能是一直穩定、貫穿終生的，就好比這一本裡我所寫下的和前兩本其實也有著些許不同。明年，後年，未來的日子裡，我想我的文字和我的內心一定還是會處在不斷的變化中，我並不知道它們會變成什麼樣子，但我希望它們一直都是可愛的。

這一年的時間裡，我回憶起了過去的好多人和事，我採訪了好多認識的和不認識的人。我原本是不會去做這些事情的，但我因此得到了特別多新的關於人和環境的認知。

而這些，都是寫作帶給我的，它讓我再一次經歷，也讓我去過了很多種人生。而這些，都無比難得。

希望我能永遠做一個記錄者，記下別人的感動，記下別人的苦痛，記下成敗得失，記下風光落魄，記下江湖險惡，也記下每個人對自己和生命的許諾。

我記下別人的，也記下自己的。

在目光所及有限的年紀，我因為懵懂無知犯了不少錯，也因為天真無知，對社會規則焦頭爛額。好在被生活折騰過後，我從生活裡得到了更多。不管這種獲得是多麼的微妙和不值一提，但它卻是我這一年沒有白白度過最好的證明。

能做自己熱愛的事情，並能從這熱愛裡提取出越來越多的溫暖和力量，傳遞給其他人，影響更多人，真是一件美好的不可言喻的事情。我慶幸去年前年大前年我在慶幸的事情，今年我一直在這樣一如既往地慶幸著。希望明年後年大後年，我也依然能有我此刻這般的慶幸。

這篇後記是在截止交稿的最後時間點才寫完的。

原本我並不是一個喜歡拖延的人，也特別不喜歡把事情留到不得已的最後時間點再完成，可不知道為什麼，我總覺得現在當我寫下這些文字的時候，我彷彿在經歷著一場二〇一九年裡無比重要的儀式，我看似是在書寫，實際是在說話、交流，甚至是坦白。

嗯，我喜歡坦白這種說法。

對，我是在透過這本書跟我自己坦白，也向你們坦白。坦白這一年的心酸美好，坦白這一年我的過錯得失，坦白不盡如人意的，也坦白這段時日裡的光芒，坦白我對接下來的期許和嚮往，也坦白我的恐慌、我的無措、我茫茫前路上的風雨和明朗。

這一年間，身邊的人來來往往走走停停，留下的，告別的，不管他們現在在哪裡，不管他們未來要去哪裡，不管我們要在未來怎樣的時刻裡重逢或者分離，我都真心地感恩我們當初的相遇。

好在，我們都曾在在一起的光陰裡，付出過當時可愛的自己。

他們都教會了我些過去的我不曾懂得的事情，他們都給過我真切的傷害或者相伴時的妙不可言。

這一年間，我也做過一些傻事，說過很多氣話，也一度抱怨過生活，甚至我也經歷了些現在想起來心生酸楚的遺憾。可是當我現在寫下這些，當我轉頭回望昨天，我還感受著那時擁有過的感動，但我卻不再有那時有過的難過。

人生就是這樣的吧。當時難堪的，後來也都雲淡風輕不值一提了。

想來，生活真有趣啊。我是真的很愛它。

因為工作性質的關係，常常會接收到覺得生活很糟糕的情緒，我耳朵裡聽到的絕大多數對於生活的感受都是負面的。每次聽到那些聲音，我總是竭盡所能地告訴他們人生的美好還大把大把地存在著，我總是想讓他們相信我們生命中幸福快樂的事情真的太多太多了。

只可惜，還是有很多人寧願放大生命裡的痛苦和不悅，也不願多讓自己感受哪怕一絲絲的幸運和歡欣。但我始終相信，無論是誰的人生，都是各有各的快樂，那種快樂，除了自己，誰都無法懂得。

我呢，是真的愛我的生活。

不只愛它給我的光鮮，也愛它給我的看似不友好的種種。

我愛它給我的好運氣，讓我總能化險為夷；愛它總能讓我陷入絕望，卻又在絕境中讓我找到希望的光亮；愛它讓我一直有愛別人的能力，讓我在無論受過多少傷之後，依然願意付出真心，依然相信善良努力的人總會擁有自己的天地。

這一年，我的愛情比過去一年還要甜蜜幸福得多。以後不知道，至少現在我們還沒有覺得我們即將走散或者告別。我不想說我們就一定是會愛到最後永遠不必面對分離的一對男女，我並不確信我擁有著那樣足夠美好的運氣。畢竟，愛是世界上唯一一件不是努力了就會得到好結果的事情。

我明白，人來世上走這一遭，相遇已是難事，無法多求長久。

儘管，我還是無比無比無比真心地期待著那樣的浪漫會發生在我們身上。

明年，當我再次提筆開始寫我人生第四本書的時候，我不知道我和他的關係會不會發生些什麼變化，也許我們結婚了，也許我們還是像現在一樣仍然特別特別地愛著，也許我們分開了，也許不再聯繫了，也許做回朋友了。

我不知道，也不打算多想。我想好好愛他，我想好好珍惜我的幸福和我們感情裡偶爾的摩擦和胡思亂想。

我並沒有在悲觀，我只是提前看一看或許我和他將要一起面對的人生。無論那人生是我自己的，他自己的，還是我和他我們倆的。

你也一樣，我們都生活在這樣的不可知曉裡。

我還記得他之前有一天跟我說：「我準備最近看看你的第二本書。」

「別，你別看，我不太喜歡我最親密的人看我的作品。」

他真的沒看，也沒問我為什麼，

只是悄悄地又把我的書放回了書架裡最顯眼的地方。

我喜歡這樣的愛情，喜歡這樣的他。

我喜歡「被他喜歡的我」。

這一年，我又交到了幾個很貼心的朋友。沒有很多，我從來都不以數量取勝。但，是真的很貼心很要好的那種。

我們彼此懂得，當然不是相見恨晚的那種，也不是一夜間就有了默契。只是，我們願意花時間相處，能夠用時間陪伴，願意幫對方解開心結，也能夠信任地讓對方瞭解自己的心意。

這一年，我擁有了更好的審美。

我更大量地看歐洲電影，看英劇日劇，看音樂劇和話劇。

我出國看秀看舞臺表演，我的英語聽力和口語表達也在這樣的過程中跟著變好了許多。

我用更多的時間工作，處理公司大大小小的事情。

卻也用了更多的時間旅行，去了很多想去的國家和地方。

我希望自己永遠漂亮，依舊年輕。

但相比於這些，我更希望自己做一個有經歷的人，一個不放棄經歷的人，一個一直都在努力經歷更多的人。啊對了，我希望自己，有經歷，也有精力。

如果在漂亮的衣服、值錢的包包、名牌的鞋子和從頭到腳都布滿的經歷裡，我必須選擇一種，我一定會選擇後者。經歷會讓我擁有真正意義上由內而外的自信，經歷讓我不再需要那些表面東西的加持。

但羞愧地說，我並沒有做到現在就完全不需要它們。

希望我能在更多看到聽到的故事裡，擁有更高級的審美，獲得更清晰的關於這個世界的感知和判斷。希望我平和且有力量，希望我內心飽滿，永遠充溢著對美好的敬畏和感謝。

這一年，我在一些事情上退步，卻又在一些事情上進步。

我開始不再像以前一樣對自己有過分的苛刻，我開始原諒自己偶爾的懶惰和瑕疵。我開始接受那些我生命時刻裡的倒退和停滯不前，甚至有些時候我是懷著些許喜悅面對它們的。我不把這理解成我對自己的縱容，我只是開始正視這些我輝煌背面的黯淡。

幾個月前我發過一條微博，我說我媽媽在一個週六的早上突然發微信跟我說：「哎呀，你都要二十七歲了。」

我當時給她回覆說她神經病，哈哈哈哈，我跟我媽就是這樣的相處關係，我們倆就像朋友一樣。

她那天跟我說完這句話之後，我就心情特別不好，是真的不好。

以前覺得二十七歲離我好遙遠啊，雖然我已經工作好幾年了，雖然我在做的事情根本就很成熟很大人，但我總以為自己還是當年的那個才二十出頭的小姑娘。

我媽的一句話，讓我認真地算了一下，還算了好幾次。

二〇一九減去一九九三，啊，我真的要二十七歲了。

寫這篇後記的時候，距離我二十七虛歲的生日還有不到一個月的時間，頓時覺得時間好倉促，真讓人惶恐。

突然想起之前採訪陳喬恩，她說自己馬上要過四十歲生日了，其實內心是不想大家祝她生日快樂的，感覺自己步入了下一個年齡階段，並不是什麼值得開心的事。

這本書的上市時間和去年一樣定在七月九日我的生日前後，二十五歲、二十六歲、二十七歲，連三年用書寫一本作品的方式，給自己又長大一歲一個完整的紀念。

前幾天有人問我明年還寫嗎。

我說：「寫。」

我記得去年別人也問過我同樣的問題，我的答案是「不寫了」。

這種在創作欲望上的變化，也許你已經在這本書裡看到了吧。

我對二十六歲的自己有很多的滿意，也有許多許多的不滿。

我對二十七歲的自己沒什麼要求，但有很多期待。

又能怎樣呢，進一歲也總有進一歲的歡喜。

進一歲就意味著有進一歲的希望。

希望我能變得更加溫和，不再對跟自己不一樣的人事物大驚小怪。

希望我能夠正視人與人之間的差異，希望自己開始克制、始終冷靜，居安思危，居危思安。希望我不再單薄地認為世界就是我所看到或者我所想像的那樣，希望我能更多地走向這塵世間的每一個遠方。

希望我仍舊明辨是非、保持開朗，希望我始終眼界開闊，並在即使經歷了很多之後依然會告訴自己「天外有天，人外有人」。

希望我的人生永遠飽滿立體，希望我的筆觸更堅定更能被人記住。

希望我不再大喜大悲，希望我學會從容淡定，希望我不再害怕面對平凡，希望我接受自己平凡的人生，但內心永遠懷有改變些什麼、影響些什麼的大志氣和大理想。

希望我渴望不平凡地去過我平凡的年年歲歲，希望我不變初衷。

希望我有更強大的內心和生命給我愛的人以保護。

希望我一直愛他們，而他們，能陪我久久。

感謝生活賜予我一如昨日般平靜美好的歲月。

感謝生活贈予我起落沉浮間的無事相安。

最後，我要感謝，感謝讓我有機會和能力完成這本書的每一個人。

謝謝，謝謝我的每一位讀者、聽眾、粉絲。

是你們讓我有欲望有靈感去完成我的每一個字句，是你們的支持和陪伴讓我有勇氣面對我生活裡的所有困難，是你們的每一次肯定和讚許讓我堅定地走在努力影響更多人的路上，是你們的存在才讓我的熱愛變成了我此刻在做的事情和我畢生的事業。是你們的分享和期待，讓我對自己有了更多清楚的認知，讓我總覺得自己能來人間走一程，真美好。謝謝你們。

謝謝，謝謝我上一本書和這一本書的編輯彩萍姐，謝謝劉總，謝謝蔡老師，謝謝邢老師，謝謝出版社的每一位為我的作品貢獻力量的老師和前輩。

我是一個特別追求完美的人，有時候較真兒得厲害，我知道我這樣雖然是為了讓作品以最好的方式呈現，但我也深知這也一定會讓和我一起完成作品的人感到壓力。我希望我的每一本書都能在我的能力範圍內做到最好，我希望願意花錢買下我作品的人，都能真正地從整本書的文字裡提取到溫暖和力量。謝謝你們的理解和包容，謝謝你們的專注和用心，謝謝你們對我的信任和幫扶。謝謝你們。

謝謝，謝謝我書裡出現的每一位主人公。

謝謝你們曾經真誠的分享，謝謝你們願意打開內心告訴我你們生活裡的那些或許本可以不用講出來的故事。但，你們知道嗎，也正是你們豐滿有趣的人生，才讓我有機會將它們書寫成文字，帶給更多人感悟和力量。所以，真正在完成這本書的人，不是我，是你們，是你們了不起的生活。

無論你們過去經歷了什麼，我都好希望好希望你們未來的人生平安順遂，得償所願。希望你們覓得良人，終有陪伴。希望你們都用自己喜歡的方式度過自己平凡而偉大的一生。謝謝你們。

謝謝，謝謝我的每一位知己和夥伴。

我是一個沒有很多朋友的人，但我有很多個交心的知己、有很多個出色的夥伴。在這裡，請原諒我無法一一寫下你們的名字，我生怕漏掉了誰的名字，雖然只是不小心，卻傷了對方的心。但你知道的，我此處要謝謝的人裡，一定有你。我是一個挺重色輕友的人，哈哈哈哈哈，但謝謝你們依舊沒放棄我這樣的朋友。

因為寫作的關係，我有時兼顧不過來公司太多的專案和工作，謝謝我的每一位工作夥伴，都靠譜敬業扛得住。我從來不願意稱我公司的人為員工，儘管我是老闆。

在我心裡，我們只是一群同齡的同行者，我們得一起奮鬥一起張揚我們的青春和人生。謝謝你們。

謝謝，謝謝我的父母和家人。

寫完上一句的時候，我頓了好久好久。要感謝些什麼，才能顯得深重而不輕浮，才能顯得真摯而有分量呢。算了，不寫什麼了。

我是一個在生活裡就喜歡用言語和行為表達愛和感激的人，所以我知道即使這裡我不提及他們，他們也不會生氣或者失望。

總之，你們懂的，謝謝你們。

最後，謝謝，謝謝我自己，謝謝老陳。

謝謝我們漂洋過海的愛情，謝謝我們生在不同時代的背景。

謝謝體諒和退讓，謝謝在一起時的擁抱和各自奮鬥時的闖蕩。

謝謝老陳在茫茫人海裡，找到我。
謝謝我自己，因為他變得多了許多許多的美好。

坐在小火車上的時候，我突然抓起他的左手，我摸著他的生命線跟他說：「哎，你生命線真長，活個八十、一百歲的應該不成問題。」
六月初的時候，我們一起去日本旅行。
我把我的右手掌心給他看：「喏，你看，我的生命線好短。」
我說這句話的語氣不是抱怨不是難過，我一副楚楚可憐尋求安慰的樣子。
當時，我記得好清楚，他回了我一句話，噎得我說不出話來。
我只是更用力更用力地，握住了他的手。
他說：「我們倆差二十歲，我的生命線又比你長一些，我好好活，這樣才能陪你更久一點兒。」

我不讓老陳看我的書，所以我寫的這些他也看不到。
我默默許願，希望我們彼此陪伴更久更久一點兒。

有人說悲傷、逆境、不順更有利於一個創作者的創作。
我沒有，我是一個生活在各種各樣愛裡的人。
是愛，讓我完成了越來越多更好的創作。
我為此，感到無比欣慰和驕傲。
我們人生裡的無論哪一種成就，
背後總有愛，為它撐腰。

上面的每一位，謝謝你們。
如果，只能陪你走一程，希望我們山水相逢之後，還能再有來生。

這本書有一個遊戲規則：
你不能從這裡帶走任何東西，但你可以，放下很多。

我是蕊希。
遊戲結束，後會有期。

國家圖書館出版品預行編目資料

只能陪你走一程 / 蕊希作 .
-- 臺北市 : 三采文化 , 2020.04
面 ; 公分 . -- (愛寫 ; 41)

ISBN 978-957-658-329-2(平裝)

855 109002664

suncolor
三采文化集團

愛寫 41

只能陪你走一程

作者｜ 蕊希
副總編輯｜ 鄭微宣 責任編輯｜ 劉汝雯 版權負責｜ 孔奕涵
美術主編｜ 藍秀婷 封面設計｜ 池婉珊 內頁排版｜ Claire Wei

發行人｜ 張輝明 總編輯｜ 曾雅青 發行所｜ 三采文化股份有限公司
地址｜ 台北市內湖區瑞光路 513 巷 33 號 8 樓
傳訊｜ TEL:8797-1234 FAX:8797-1688 網址｜ www.suncolor.com.tw
郵政劃撥｜ 帳號：14319060 戶名：三采文化股份有限公司
本版發行｜ 2020 年 4 月 30 日 定價｜ NT$360

Original title: 只能陪你走一程 By 蕊希
由中南博集天卷文化傳媒有限公司授權出版 All rights reserved